Dorothea Stiller

Das Geheimnis von

Blackwell Heath

eine viktorianische Gothic Romance

Impressum

Bibliografische Information der Deutschen Nationalbibliothek:
Stiller, Dorothea. Das Geheimnis von Blackwell Heath. Romance Alliance Love Shot 22. BoD, 2021.
Die Deutsche Nationalbibliothek verzeichnet diese Publikation in der Deutschen Nationalbibliografie; detaillierte bibliografische Daten sind im Internet über
http://dnb.dnb.de abrufbar.

© 2021 Stiller, Dorothea
Lektorat: Jessica Weber, Buchgezeiten
Cover: Dorothea Stiller

Herstellung und Verlag: BoD – Books on Demand, Norderstedt
ISBN: 978-3-7534-9591-0

Über die Autorin

 In Westfalen zu einer Zeit geboren, als Twix noch Raider hieß und in Fernseh-Talkshows noch geraucht wurde, entdeckte Dorothea Stiller schon früh ihre Liebe zu guten Büchern und begann auch bald, eigene Geschichten zu schreiben. Auf in Schulhefte gekritzelte Machwerke folgten Kurzgeschichten und Fan-Fiction und schließlich ihr erster Roman. Auf ein Genre festlegen möchte die Autorin sich nicht. Sie schreibt zeitgenössische Liebesromane, Historische Romane, Krimis und – als Silja Lund – Jugendbücher für Mädchen. Ihr Herz schlägt besonders für Großbritannien und Finnland, sie hat einen kleinen Tassen-Tick und ein großes Faible für das 19. Jahrhundert. Die studierte Anglistin und Germanistin ist Mitbegründerin der Autorenvereinigung Romance Alliance, ist Mitglied bei Delia, der Vereinigung deutschsprachiger Liebesromanautorinnen und -autoren, den Bücherfrauen und den Mörderischen Schwestern e.V. und betreibt gemeinsam mit einer Kollegin einen Textservice („Textzellenz"), in dem sie als freie Übersetzerin, Lektorin und Korrektorin tätig ist. Außerdem gibt sie Kurse und Workshops zum kreativen Schreiben.

Befinden wir uns am Anfang einer neuen Offenbarung oder nicht? Lassen sich die Geheimnisse der unsichtbaren Welt, die sich für so viele Jahrtausende dem Begreifen der Sterblichen entzogen haben, nun mithilfe unserer Möbelstücke zum ersten Mal enthüllen? Sind Mahagoni-Tische die Apostel eines neuen Glaubens und Messingglöckchen und Akkordeons seine Missionare? Werden wir mitten in einem Londoner Salon zum Preis von zehn Schilling und Sixpence unter dem Bemühen eines gefeierten Mediums mit der Seele des verstorbenen Vaters, der Mutter, des Ehemanns, der Gattin in Kontakt treten können, während draußen die Mietdroschken vorbeirattern und die Diener brav mit einem Tablett Sandwiches und Sherry parat stehen?

Kann die Hand meines toten Kindes mich berühren – wahrhaftig berühren, als ob noch Fleisch die verrottenden Knochen bedeckte und Herzblut durch die vertrockneten Adern liefe? Und kann es sich dann auch sichtbar machen und in einer Aura des Lichts und der Herrlichkeit durch die Luft schweben? Müssen wir unseren Freund Newton im Nachhinein doch als Hochstapler entlarven, dessen großartige Entdeckung der Schwerkraft letztlich doch keine Entdeckung war? Mit anderen Worten: Ist es möglich, dass ein Gentleman auf einem Rosenholzstuhl zur Decke emporschwebt, so wie man einst in noch nicht allzu lange vergangenen Zeiten gewissen alten Damen die Fähigkeit zusprach, ihre Reisen auf einem Besenstiel zurückzulegen? So absurd diese und ein Dutzend ähnlicher Fragen erscheinen mögen, muss man sich vergegenwärtigen, dass Tausende durchaus respektabler Menschen in England und Amerika sie ohne zu zögern mit Ja beantworten würden.

»The Spirit-Rapping Humbug«, Durham Chronicle, 24. August 1860

Eins

VALENTINA WAR SICH der Blicke der Herren bewusst. Sie beäugten sie neugierig interessiert. Viele der Damen hingegen musterten sie abschätzend und argwöhnisch. Schließlich gehörte Valentina zu den Debütantinnen, deren Eintritt in den Heiratsmarkt mit besonderer Neugier und Wachsamkeit beobachtet wurde.

Für Valentinas erste Saison hatte Mama keine Kosten gescheut. Das himmelblaue Seidenkleid, das sie an diesem Abend trug, stand ihr ausgezeichnet. Das beinahe verboten tiefe Dekolleté entblößte ihre Schultern und ließ unter der Spitze den Ansatz ihrer Brüste erahnen. Endlich konnte sie sich auch einmal wie eine erwachsene Frau präsentieren. Zwei gerüschte Schärpen, die sich unterhalb der Brust kreuzten, sowie ein bestickter und spitzenbesetzter Gürtel betonten ihre schmale Taille. Darunter bauschten sich voluminöse Röcke, die bei jedem Schritt geheimnisvoll raschelten wie ein lauer Sommerwind in den Baumkronen. Elsie hatte ihr himmelblaue und weiße Seidenblüten und Bänder ins Haar geflochten, die hervorragend zu ihren blauen Augen passten. Elsie hatte gemeint, das Kleid ließe sie richtig strahlen.

Sie fühlte sich wie eine Königin, als sie an der Seite ihres Bruders durch die Eingangshalle schritt, um ihre Gastgeberin zu begrüßen. Sie gab sich Mühe, ihre Aufregung zu verbergen und eine unbeeindruckte Miene aufzusetzen.

»Lady Marksbury mit ihrem Ältesten, Mr Valerian Day, und ihrer Tochter, Miss Valentina Day«, verkündete der livrierte Diener. Valentina knickste höflich.

Lady Hartcliffe lächelte und streckte in einer einladenden Geste die Hände aus, die in eleganten weißen Handschuhen steckten. »Meine liebe Lady Marksbury, Mr Day, Miss Day, seien Sie herzlich willkommen. Ich freue mich so, Sie ebenfalls bei meiner Soirée begrüßen zu dürfen, Miss Day. Ihr Debüt hat schließlich bereits für einiges Aufsehen gesorgt, wenn ich so frei sein darf.«

Hitze stieg Valentina in die Wangen. Derlei Aufmerksamkeit war sie nicht gewohnt, doch sie genoss sie in vollen Zügen, ebenso wie die unverhohlen bewundernden Blicke der Herren.

»Kommen Sie, meine Liebe, ich werde Sie ein paar besonders guten Freunden vorstellen.« Lady Hartcliffe bot Valentina den Arm und führte sie in den Salon. Ein verunsicherter Blick über die Schulter zeigte Valentina, dass Mama ein äußerst zufriedenes Gesicht machte. Offenbar war es ihr nur recht, dass Lady Hartcliffe Valentina bei ihrem Eintritt in die bessere Gesellschaft ein wenig behilflich sein wollte.

Folgsam ließ Valentina sich von Grüppchen zu Grüppchen führen, knickste und lächelte artig,

während Lady Hartcliffe sie ihren Bekannten vor-
führte wie eine kostbare Neuerwerbung. Nachdem
sie Valentina mit einigen der anwesenden Damen
bekannt gemacht hatte, steuerte Lady Hartcliffe
auf ein Paar zu, das in der Nähe des Kamins stand.
Der Mann mochte ungefähr in Papas Alter sein und
hatte dunkles Haar und einen Backenbart. Eine
teuer wirkende Uhrenkette baumelte vor der Brust
seiner schwarzen Seidenweste. Die Dame in dem
hochgeschlossenen, violetten Kleid schien etwas
älter zu sein als er, denn ihr Haar war bereits über-
wiegend silbergrau. Sie hatte es zu einem strengen
Knoten gebunden, der von einem perlenbestickten
Haarnetz bedeckt wurde.

»Lord Udley, Mrs Palfrey, Sie müssen unbedingt
unsere reizende Miss Day kennenlernen, Lady
Marksburys Älteste, sie debütiert in diesem Jahr.«
»Obadiah Spiller, der 5. Baron Udley, und seine
liebe Schwiegermama Mrs Palfrey.« Valentina
knickste und lächelte, während Lady Hartcliffe
fortfuhr. »Leider ist unser armer Udley bereits Wit-
wer. Seine Gattin, dieser Engel, hat uns tragischer-
weise vor zwei Jahren verlassen.«

»Oh, das tut mir leid«, sagte Valentina. Allzu
schwer schien die Trauer allerdings nicht auf Lord
Udley zu lasten, denn er musterte Valentina mit
unverhohlenem Interesse. Sein direkter Blick war
ihr beinahe körperlich unangenehm.

»Lady Marksburys Tochter, dann stammen Sie aus
Sussex«, stellte er fest und fuhr sich mit der Zun-

genspitze über die Unterlippe. »Wie gefällt es Ihnen in London, Miss Day?«

»Sehr gut, vielen Dank, Lord Udley«, antwortete sie knapp und warf einen Blick über die Schulter, ob sie Valerian irgendwo in der Menge entdecken konnte, doch er war nirgends zu sehen. Dafür nahm sie aus dem Augenwinkel wahr, wie Lord Udleys prüfender Blick an ihrem Hals abwärts glitt. Sie fühlte sich augenblicklich seltsam nackt und wünschte sich, ein Kleid mit einem etwas züchtigeren Ausschnitt gewählt zu haben.

»Ihre erste Saison, und ausgerechnet in diesem Jahr ist der Frühling so verregnet«, bemerkte Mrs Palfrey. »Nicht das Wetter für Ausfahrten im Hyde Park.«

»Nein, Sie möchten sich ja gewiss keinen Schnupfen holen, nicht wahr, Miss Day?«, entgegnete Lady Hartcliffe. »Ein zartes junges Ding wie Sie verkühlt sich, eh man sich's versieht. Aber dann machen wir es uns eben drinnen nett, nicht wahr? Sie werden sehen, Miss Day, Ihnen wird schon nicht langweilig werden. Abendgesellschaften, Bälle, Theater, Oper – London hat so viel zu bieten.«

»Der armen Miss Day wird noch ganz schwindelig werden. Udleys Bewunderung ist Ihnen jedenfalls bereits gewiss, wie ich sehe. Die Verehrer werden Sie wie die Motten umschwärmen.« Mrs Palfrey warf Lord Udley einen verschmitzten Blick zu. » Da werden Sie sich anstrengen müssen, mein Bester. Unsere Miss Day wurde in *Beecham's Ladies'*

Newspaper and Court Chronicle als vielversprechendste Debütantin der Saison namentlich genannt. Ihr wird es an Bewunderern nicht mangeln.«

Lady Hartcliffe und Mrs Palfrey schütteten sich aus vor Lachen, während Lord Udley sich räusperte und sie tadelnd ansah, während er seinen Backenbart zwirbelte. Valentina spürte Hitze in ihren Wangen aufsteigen.

»Verzeihen Sie, Udley, Miss Day. Nun haben wir Sie mit unseren albernen Späßen in Verlegenheit gebracht.« Lady Hartcliffe wischte sich mit dem kleinen Finger eine Träne aus dem Auge. Valentina hätte im Boden versinken mögen. Wieder sah sie sich unauffällig nach Valerian um und entdeckte seinen dunkelbraunen Haarschopf am anderen Ende des Raumes. Er schien in ein Gespräch mit jemandem vertieft, doch Valentina konnte nicht erkennen, mit wem.

»Ich ... äh ... glaube, mein Bruder wird mich bereits suchen. Es war reizend, Sie kennenzulernen. Lord Udley. Mrs Palfrey. Gewiss haben wir später noch Gelegenheit, miteinander zu plaudern.«

»Das hoffe ich doch sehr, Miss Day. Es war mir eine Freude.« Lord Udley neigte den Kopf und lächelte ölig, wobei er den Blick wieder über Valentinas Schultern und Dekolleté gleiten ließ.

Nicht, wenn ich es verhindern kann, dachte sie, knickste kurz und entfernte sich so rasch, wie es gerade noch als höflich durchgehen konnte.

Nun erst sah sie, dass Valerian mit einer Dame sprach, die ihr nicht bekannt war und deren Erscheinung etwas eigenartig Achtunggebietendes hatte. Ihr Alter war schwer zu schätzen, aber Valentina vermutete, dass sie etwa in Mamas Alter war. Sie trug ein hochgeschlossenes Volantkleid aus perlenbestickter, mitternachtsblauer Seide mit einem ausladenden Reifrock. Ihr lackschwarzes Haar war über der Stirn von einer einzigen breiten, silbrigweißen Strähne durchzogen, streng gescheitelt und im Nacken und an den Seiten zu kunstvollen Rollen aufgesteckt. Darauf thronte ein Haarschmuck mit einer ebenfalls mitternachtsblauen Dahlienblüte aus Seide und Samt, verziert mit Spitze, Perlmutt und Gold. Die von dichten, schwarzen Wimpern umkränzten Augen waren von einem klaren Eisgrau. Als sie sich nun auf Valentina richteten, hatte sie das Gefühl, nichts vor ihnen verbergen zu können. Ein unangenehmes Kribbeln lief Valentina vom Nacken aufwärts über die Kopfhaut. Hinter der rechten Schulter der Dame stand ein hoch aufgeschossener Mann, der selbst Valerian noch um einiges überragte. So reglos stand er, dass man ihn für eine Säule hätte halten können. Sein kantiges Gesicht mit dem langen Kinn und den ausgeprägten Kieferknochen wirkte eingefallen und fahl, als hätte es lange kein Sonnenlicht gesehen. Auch der Mann sah nun in Valentinas Richtung, und seine Augen waren schwarz und glänzend wie polierte Pechkohle. Dem

Blick der beiden folgend wandte sich nun auch Valerian um.

»Da bist du ja, Schwesterlein. Wir sprachen soeben von dir. Darf ich dir Mrs Lyness und ihren Assistenten Mr Stoker vorstellen?«

Mrs Lyness? Der Name kam Valentina vage bekannt vor. Sie knickste.

»Ich freue mich, Sie kennenzulernen, Miss Day.« Mrs Lyness neigte den Kopf. »Ich hatte gerade Ihren Bruder gefragt, wer denn seine überaus reizende Begleiterin sei.«

Valentina lächelte scheu.

»Mrs Lyness ist ein bekanntes Trancemedium«, erklärte Valerian.

Richtig. Deswegen war ihr der Name so bekannt vorgekommen. Erst gestern hatte sie ihn noch in der Zeitung gelesen, in einem kritischen Artikel über die immer mehr um sich greifende Mode des Tische-Rückens und spiritistischer Sitzungen. Persephone Lyness oder Madame Persephone, wie sie sich nannte. Offenbar auf ihrem Gebiet eine Berühmtheit. Sie hielt regelmäßige spiritistische Salons ab, und es war bisher niemandem gelungen, sie als Schwindlerin zu entlarven. Auch wenn es ihre Konkurrenten und diverse Skeptiker versucht hatten und es immer wieder vorkam, dass Medien der Scharlatanerie überführt wurden.

»Madame Persephone, ich hoffe, wir dürfen heute Abend auf eine Demonstration Ihrer übersinnlichen Fähigkeiten hoffen?«, fragte Valerian.

»Ich fürchte, Lady Hartcliffe wird darauf bestehen«, entgegnete Mrs Lyness mit einem fein ironischen Lächeln. »Eigentlich widerstrebt es mir, den Kontakt mit anderen Sphären des Seins als profane gesellschaftliche Unterhaltung zu inszenieren, doch die Leute verlangen danach, und auch eine Dame muss auf die eine oder andere Weise ihren Unterhalt bestreiten, nicht wahr? Glauben Sie an übersinnliche Phänomene, Mr Day?« Wieder richteten sich die eisgrauen Augen auf Valentina, obwohl die Frage eindeutig für Valerian gedacht gewesen war. »Ehrlich gesagt habe ich meine Vorbehalte, aber ich bin dennoch äußerst gespannt.«

»Das dürfen Sie sein, Mr Day.« Sie wandte sich dem breitschultrigen Mann mit dem Steingesicht zu. »Nicht wahr, Mr Stoker?«

Er nickte langsam, und sein bis dahin vollkommen unbewegtes Gesicht zeigte ein leichtes Lächeln. Valentina hatte das deutliche Gefühl, dass die beiden sich über sie lustig machten. Allerdings schien es die Art gutmütiger Spott zu sein, die nicht darauf abzielte, andere zu verletzen, sondern sie vielmehr aus der Reserve zu locken.

»Bitte halten Sie Mr Stoker nicht für unhöflich. Er leidet unter einer seltenen Form des Mutismus. Er kann Sie hören, aber nicht sprechen. Jedenfalls nicht mit der Stimme.«

»Verstehe«, sagte Valerian und nickte dem hünenhaften Assistenten freundlich zu.

»Darf ich Ihren Andeutungen entnehmen, dass wir heute noch eine Ihrer berühmten Séancen erleben werden, Mrs Lyness?«, fragte Valentina. Ihre Neugier war geweckt. »Gerade gestern noch las ich darüber in der Zeitung. Der Artikel war sehr kritisch, was den wachsenden Zuspruch für Spiritismus angeht. Es hieß, derlei Praktiken seien Scharlatanerie und stellten eine Gefahr für die geistige Gesundheit dar. Ich hoffe, Sie verzeihen.«

Madame Persephone lachte leise. »Aber natürlich, Miss Day. Warum sollte ich Ihnen Ihre erfrischende Offenheit übel nehmen? Eine gesunde Skepsis hat noch niemandem geschadet, am wenigsten der Jugend. Dennoch werden Sie mir hoffentlich nicht widersprechen, dass es Dinge gibt, die den menschlichen Geist übersteigen.«

»Gewiss, Mrs Lyness«, räumte Valentina ein. »Doch die Menschheit erschließt sich einen immer größeren Wissensschatz. Denken Sie an die enormen wissenschaftlichen Entdeckungen der vergangenen Jahre. Dinge, die man nie für möglich gehalten hätte.«

»Das ist richtig, und möglicherweise werden wir eines Tages das Unerklärliche erklären können«, entgegnete Mrs Lyness. »Doch dann wäre die Welt des Geheimnisses und ihres Zaubers beraubt, oder nicht?«

Valentina lächelte. »Da könnten Sie recht haben, Madame.«

»Geben Sie gut auf Ihre Schwester acht, Mr Day, sie ist ein kluger Kopf. Eine Eigenschaft, die an Frauen selten geschätzt wird und sich nicht mit der erwünschten Fügsamkeit verträgt.« Ihre Lippen kräuselten sich zu einem hintergründigen Lächeln, und sie musterte Valentina aufmerksam. »Nun, ich denke, es wird Zeit, mich auf die Séance vorzubereiten. Es war mir eine besondere Freude, Sie beide kennenzulernen.«

»Eine eigenartige Person«, bemerkte Valerian, als Madame Persephone und Mr Stoker außer Hörweite waren. »Ich bin sehr gespannt, was wir zu sehen bekommen werden. Aber nun komm, ich habe eben zwei Bekannte entdeckt, denen ich dich vorstellen möchte.«

Valentina ergriff diese Gelegenheit nur zu gern, denn sie nahm an, dass Valerians Bekannte eher ihrem Alter entsprächen und weit angenehmere Gesellschaft wären als etwa dieser schmierige Lord Udley.

Tatsächlich wurde der Abend auf diese Weise deutlich vergnüglicher. Zu Lady Hartcliffes Bekanntenkreis zählten unter anderem ein berühmter Konzertpianist und eine Opernsängerin, die Kostproben ihrer Kunst zum Besten gaben. Valentina lernte einige unterhaltsame Leute kennen, darunter einige junge Herren, von denen sie hoffte, sie bei nächster Gelegenheit auf einem Ball wiederzusehen. Die Saison begann für sie recht vielversprechend. So verlor sich langsam die ängstliche Erwartung, die sie anfangs verspürt hatte, weil alle fest damit rechneten, dass sie gleich in ihrer ersten Saison einen passenden Ehemann finden würde. Es beruhigte sie, zu sehen, dass es ihr an Auswahl höchstwahrscheinlich nicht mangeln würde.

Schließlich gesellte sich auch Mama wieder zu ihnen.

»Schrecklich, findest du nicht?«, zischelte sie hinter vorgehaltenem Fächer. »Wie Lady Barlings ihre beiden Ältesten vorführt! Man möchte meinen, wir befänden uns auf einer Viehauktion. Nun ja, man munkelt, dass es finanziell nicht gut um die Familie bestellt ist, und dann gleich vier Töchter! Sie würde die Mädchen wohl auch mit einer Vogelscheuche verheiraten, wenn die nur genügend Geld und einen Titel mitbrächte. Sieh dir an, wie sie um Lord Saxby herumscharwenzelt. Der könnte der Großvater ihrer Töchter sein.«

Valentina hob ebenfalls ihren Fächer und kicherte leise. »Mama! Still, sonst hört uns noch jemand. Mir tun bloß die Mädchen leid.«

»Du hast recht, ich sollte mich nicht über sie lustig machen«, entgegnete Mama. »Allerdings bin ich dankbar, dass du es nicht nötig hast, derart wahllos zu sein.« Sie nahm den Fächer herunter, lächelte und zupfte den Spitzensaum an Valentinas Ärmel zurecht. »Du siehst heute Abend wirklich bezaubernd aus. Das Kleid steht dir ausgezeichnet. Es passt so gut zu deinem dunklen Haar, und bei der Frisur hat Elsie sich selbst übertroffen.« Leise setzte sie hinzu: »Ich möchte wetten, dass du bereits das Interesse einiger Herren geweckt hast. Du wirst dich gewiss nicht anbieten müssen wie sauer Bier.«

Sie sah auf. Lady Hartcliffe hatte sich vor der mehrflügligen Falttür aufgestellt, die den großen Salon von dem angrenzenden Raum trennte, läutete ein Messingglöckchen und räusperte sich. Langsam verstummten die Unterhaltungen, und die Anwesenden wandten sich der Gastgeberin zu.

»Meine lieben Gäste! Wie Sie vielleicht wissen, haben wir am heutigen Abend ein berühmtes Medium unter uns. Daher freue ich mich, Ihnen eine ganz besondere Überraschung präsentieren zu dürfen, denn Madame Persephone hat sich bereit erklärt, uns eine kleine Kostprobe ihrer Fähigkeiten zu geben.«

Auf einen Wink öffneten zwei Diener die Falttür und gaben den Blick auf einen kleineren, vermutlich den privaten Salon der Lady frei. Darin war ein ovaler Holztisch aufgebaut, dessen Platte von einer gedrechselten Säule auf drei Füßen getragen wurde. Um ihn herum waren einige Stühle gruppiert.

»Madame Persephone bittet Sie, hier vor der Tür Platz zu nehmen, sodass Sie alle sehen können.«

Die Diener stellten Stühle und Sessel zu zwei großen Halbkreisen und brachten noch zusätzliche Stühle herein.

»Wenn die Plätze nicht ausreichen, möchte ich die Herren bitten, sich hinter den Stühlen aufzustellen.«

Es dauerte eine Weile, bis sich alle gesetzt hatten. Mama und Valentina setzten sich in die hintere Reihe. Im kleinen Salon hatte Madame Persephone an einem Ende des Tisches auf einem Stuhl mit hoher Rückenlehne Platz genommen. Der Mann, den sie als Mr Stoker angesprochen hatte, stand aufrecht und regungslos hinter ihrer rechten Schulter.

Madame Persephone wandte sich an ihr Publikum.

»Verehrte Damen und Herren, Lady Hartcliffe bat mich, Sie heute Abend an einer ganz besonderen Erfahrung teilhaben zu lassen: dem Kontakt mit einer anderen Ebene des Seins. Mir ist bewusst, dass viele von Ihnen diesen Phänomenen skeptisch gegenüberstehen, und ich weiß einen kritischen Geist zu schätzen. Doch wenn Sie an die Wissenschaft glauben, die der Schöpfung eine wachsende Zahl ihrer Geheimnisse abringt, warum sollten Sie daran zweifeln, dass es Dinge gibt, die wir nur bisher noch nicht ausreichend erklären können? Möglicherweise gelingt es uns eines Tages, auch hinter das letzte große Geheimnis zu blicken. Fänden Sie es nicht tröstlich, zu wissen, dass jene, die von uns gegangen sind, nicht fort sind, sondern nur eine neue Ebene das Daseins, eine neue Welt betreten haben, bloß durch einen dünnen Schleier von der unseren getrennt? Halten

Sie es nicht für möglich, dass wir durch diesen Schleier hindurchsehen können, wenn wir lernen, unsere Sinne dafür zu schulen, und aufmerksam hinsehen? Heute Abend möchte ich Ihnen bei einer Séance zeigen, dass dies gelingen kann. Dafür benötige ich die Mithilfe einiger Personen aus dem Publikum, die über die nötige Sensitivität verfügen. Mein Assistent Mr Stoker wird gleich einige von Ihnen an der Schulter berühren. Wenn Sie dann so freundlich wären, sich hier an den Tisch zu setzen. In der Zwischenzeit brauche ich zwei Freiwillige, die mir die Fesseln anlegen und überprüfen, ob damit alles seine Richtigkeit hat.«

Valerian und ein weiterer Mann erhoben sich und wurden von Madame Persephone nach vorn gerufen. Mr Stoker glitt langsam und lautlos wie ein Geist durch das Publikum und tippte hier und da einem Gast auf die Schulter. Derweil machten sich Valerian und der andere Herr daran, Madame Persephones Füße mit einem langen Seil zu fesseln. Dessen Ende wurde jemandem in der ersten Reihe in die Hand gegeben, um sicherzustellen, dass das Medium nicht die Füße bewegte. Um ihren Hals wurde ein Lederriemen gebunden, der an der Rückenlehne des Stuhls befestigt wurde, sodass sie den Kopf kaum rühren konnte.

Valentina bemerkte ein eigenartig warmes Gefühl, das vom Ende der Wirbelsäule aufstieg, ins Genick und bis über ihre Kopfhaut ausstrahlte. Eine

Gänsehaut überlief ihre Arme, als sie plötzlich eine sanfte Berührung an der Schulter spürte und Mr Stoker neben sich erkannte. Die feinen Härchen in ihrem Nacken richteten sich auf, und sie warf ihrer Mutter einen fragenden Seitenblick zu. Die lächelte und nickte ermunternd. Sie schien Madame Persephones Séance für eine amüsante Abendunterhaltung zu erachten.

Valentina erhob sich und ging zögerlichen Schrittes nach vorn, wo Madame Persephone ihr bedeutete, zu ihrer Linken Platz zu nehmen. Mittlerweile saßen fünf weitere Personen um den ovalen Tisch und hatten nach Anweisung des Mediums die Hände mit gespreizten Fingern und den Handflächen nach unten auf den Tisch gelegt. Schließlich gesellte sich auch der hünenhafte Assistent zu ihnen. Mit ihm wurde ebenso verfahren wie mit dem Medium, um sicherzustellen, dass er sich während der Séance nicht vom Tisch entfernen oder die Tischplatte mit Füßen oder Knien berühren konnte. Als das geschehen war und das Seil, mit dem Mr Stokers Füße gefesselt waren, ebenfalls einer Person im Publikum zur Überwachung in die Hand gegeben worden war, wies Madame Persephone die Gäste am Tisch an, die Daumen aneinanderzulegen und die Hände so zu platzieren, dass der kleine Finger jeweils den der benachbarten Person berührte. Als Valentina ihren Finger über den von Madame Persephone schob, kroch abermals diese eigenartige Wärme ihren Rücken hinauf und schien sich an einem Punkt auf ihrer Stirn zu sammeln. Sie schüttelte sich unauffällig, um das Gefühl abzustreifen. Jetzt ließ sie sich schon von dem Hokuspokus anstecken. Dabei war sie überzeugt, dass es sich bei derlei Veranstaltungen um nichts als geschickte Taschenspielereien handelte.

Wieder erschien dieses dezent ironische Lächeln auf Madame Persephones Gesicht, so als hätte sie Valentinas Gedanken erraten.

Ein Diener legte ein kleines Akkordeon, ein Messingglöckchen und eine Schiefertafel in die Tischmitte, das Zentrum ihres Kreises. Daraufhin ließ Madame Persephone das Gas herunterdrehen. Als Konturen und Farben langsam vom Zwielicht verschluckt wurden, senkte sich eine erwartungsvolle Stille über das Publikum, nur hier und da unterbrochen von Hüsteln, raschelnden Unterröcken und kaum hörbarem Wispern.

Auf Anweisung von Madame Persephone begannen die Anwesenden, die ersten drei Strophen des Kirchenliedes *Abide with Me* zu singen.

Abide with me;
Fast falls the eventide;
The darkness deepens;
Lord with me abide.
When other helpers fail and comforts flee,

Help of the helpless,
O abide with me.

Als das Lied verklungen war und sich erneut Stille ausbreitete, rief Madame Persephone: »Wesenheiten aus der Geisterwelt, seid ihr da?« Stille. »Werdet ihr die Güte haben, eure Anwesenheit heute in der gewohnten Weise zu manifestieren?«

Noch immer nichts.

»Ist der Geist, der mir heute versprach, mit uns kommunizieren zu wollen, anwesend?«

Abermals Stille.

Doch da, plötzlich ein dumpfer Schlag, der die Tischplatte unter Valentinas Hand zum Vibrieren brachte, dann wieder einer und ein weiterer. Ein erstauntes Raunen durchlief das Publikum.

»Wir danken dir, dass du uns mit deiner Anwesenheit beschenkst«, sagte Madame Persephone in die angespannte Stille. »Ich war sicher, wir würden nicht enttäuscht werden. Sind Geister anwesend, die mit einem der hier Versammelten in Kommunikation treten wollen?«

Dieses Mal dauerte es kaum eine Sekunde und drei rasch aufeinanderfolgende Schläge waren zu hören. Jeder davon schickte Vibrationen durch Valentinas Fingerspitzen, die ihr durch den ganzen Körper bis in die Fußsohlen krochen und ein Gefühl hinterließen, wie wenn man aus dem Warmen plötzlich in die Kälte kam. Für einen

Augenblick nahm sie einen eigenartigen Geruch wahr. Er erinnerte an den speziellen Duft eines Sommerregens, der auf der von der Sonne hart gebackenen Erdkrume verdampft.

»Kannst du uns ein Zeichen geben, mit wem diese Geister in Kontakt zu treten wünschen?«, fragte Madame Persephone.

Valentinas Augen hatten sich allmählich an das Dämmerlicht gewöhnt, und sie konnte die groben Umrisse des Mediums zu ihrer Rechten erkennen. Mrs Lyness saß weiterhin aufrecht und unbewegt in ihrem Stuhl. Ihr Finger, der Valentinas berührte, hatte sich die ganze Zeit über nicht bewegt.

Valentina hatte den Eindruck, dass das Publikum und die um den Tisch Versammelten kollektiv den Atem anhielten, während sie auf das Zeichen warteten, um das Madame Persephone gebeten hatte. Plötzlich zerriss ein klares, metallenes Klingeln die angespannte Stille, und ein kurzer Ruck ging durch den Kreis der verbundenen Hände.

Die Dame, die Valentina gegenübersaß, gab einen erschreckten Laut von sich. »Das Glöckchen! Es ist in meinen Schoß gefallen!« Wieder war das klare Bimmeln zu hören, diesmal länger und lauter, beinahe aggressiv.

»Du möchtest also mit Mrs Endacott in Kontakt treten?«

Wieder drei Schläge gegen das Holz des Tisches in schneller Folge. Das Akkordeon in der Tischmitte gab einen lauten Seufzer von sich, und der Ton schien sich in die Luft zu erheben.

»Wer bist du?«, fragte Madame Persephone. »Nenne uns deinen Namen. Würdest du ihn bitte auf der Schiefertafel notieren?«

Abermals erzitterte dreimal hintereinander dröhnend die Tischplatte.

Mrs Lyness bat darum, das Gas wieder hochzudrehen, damit man nachsehen möge. Der Herr, der Valerian eben geholfen hatte, das Medium und seinen Assistenten an ihre Stühle zu fesseln, sprang hinzu. Er nahm die Schiefertafel vom Tisch und hielt sie Mrs Endacott hin, die mit geweiteten Augen darauf starrte, während die Farbe aus ihren Wangen wich.

»Was steht darauf?«, rief jemand aus dem Publikum, und ein Wispern lief durch die Sitzreihen.

Der Herr hielt die Tafel so, dass die Zuschauer lesen konnten, was darauf in krakeligen, dünnen Kreidebuchstaben geschrieben stand: BIZZY.

»Ist es jemand, den Sie kennen?«, fragte er die noch immer recht blasse Mrs Endacott.

Sie nickte und schluckte, bevor sie mit belegter Stimme hervorbrachte: »Schwester.« Sie räusperte sich. »Meine Schwester Beatrice. Ich nannte sie immer Bizzy. Sie starb vor zwei Jahren an einer schweren Lungenentzündung.«

Laute der Verwunderung und des Unglaubens waren aus dem Publikum zu hören.

»Bitte unterbrechen Sie nicht den Kreis«, mahnte Madame Persephone. »Wir benötigen das Alphabet. Wenn Sie so liebenswürdig wären, Lady Hartcliffe.« Lady Hartcliffe brachte einen Bleistift und eine Karte, auf die offenbar die Buchstaben des Alphabets geschrieben waren. Damit stellte Lady Hartcliffe sich hinter den Stuhl des Mediums.

»Wir wollen feststellen, ob es sich wirklich um den Geist Ihrer Schwester handelt, Mrs Endacott. Ich möchte Sie bitten, eine Frage zu stellen, von der Sie glauben, dass nur Ihre Schwester die Antwort kennen kann.«

»Als wir klein waren, hat unsere Großmutter uns immer ein Lied vorgesungen. Kannst du dich noch an den Namen erinnern?«

Kaum hatte sie die Frage gestellt, als abermals dreimal hintereinander lautes Klopfen zu hören war.

»Das Alphabet, Lady Hartcliffe«, sagte Madame Persephone, und Lady Hartcliffe begann, langsam mit der Spitze des Bleistifts die Buchstaben abzufahren, bis schließlich deutlich ein einzelnes Klopfen ertönte. Lady Hartcliffe diktierte die Lettern, die der Geist anzeigte.

»R-O-S-E-M-A-R-Y-L-A-N-E. Rosemary Lane!«

Mrs Endacott nickte heftig. »Du bist es! Bizzy, du bist es wahrhaftig.«

So ging es noch eine ganze Weile. Mrs Endacott stellte Fragen, die Bizzy beantwortete.

»Ich spüre, dass die Verbindung schwächer wird«, verkündete das Medium. »Bizzy, möchten Sie Ihrer Schwester noch eine Botschaft mitgeben, bevor Sie sich auf den Rückweg in die Jenseitswelt machen?« Dreimal pochte es gegen den Tisch. Das Geräusch dieses Mal hörbar leiser und kraftloser. Mrs Endacott sah mit gespanntem Blick zu Lady Hartcliffe, die weiter mit dem Bleistift über das Papier fuhr.

»Hab keine Angst und sei nicht traurig. Wir werden uns eines Tages wiedersehen.«

»Bizzy? Bizzy, bist du noch da?«, flüsterte Mrs Endacott in die angespannte Stille. Doch das Klopfen blieb aus. Publikum und Teilnehmer am Tisch sahen einander schweigend und mit erstaunten Gesichtern an. Schließlich beendete Madame Persephone die Séance, ließ sich losbinden und verkündete, dass sie regelmäßige Sitzungen abhalte, zu denen die Anwesenden herzlich eingeladen seien, sollte diese Kostprobe ihrer Fähigkeiten sie überzeugt haben.

Valentina blieb noch eine Weile am Tisch sitzen, während die Versammlung sich langsam auflöste. Sie ließ das eben Erlebte noch einmal vor ihrem geistigen Auge Revue passieren, als Mrs Lyness sie plötzlich aus ihren Gedanken riss.

»Und? Habe ich Sie überzeugen können, Miss Day?«

»Ich bin noch zu keinem Schluss gekommen«, entgegnete Valentina.

Mrs Lyness lächelte. »Das müssen Sie auch nicht. Wir müssen nicht auf alles stets sofort eine Antwort haben. Ihre Haltung gefällt mir, und ich würde gern kurz unter vier Augen mit Ihnen sprechen. Ich hätte da ein Angebot, das Sie möglicherweise interessieren könnte.«

Auf dem Heimweg in der Kutsche kannten Valerian und Mama nur ein Thema: die höchst erstaunliche Darbietung des berühmten Mediums.

»Ich bin mir sicher, dass sich alles, was wir gesehen haben, auf natürliche Weise erklären ließe«, beharrte Valerian. »Es sind alles Tricks, zugegeben recht beeindruckend und geschickt. Ich komme nicht dahinter, wie sie es angestellt haben könnte.«

»Mich schaudert noch immer«, entgegnete Mama und lachte vergnügt. »Eine ganz außergewöhnliche Demonstration. Im Übrigen muss ich dir beipflichten. Und doch kommen einem Zweifel, nicht wahr? Wie konnte sie das Klopfen erzeugen und die Glocke und das Akkordeon zum Klingen bringen? Du selbst hast ihr doch die Füße und den Kopf festgebunden. Und die Hände hat sie auch niemals bewegt?« Sie sah Valentina fragend an.

Valentina schüttelte stumm den Kopf. »Nicht ein einziges Mal«, setzte sie hinzu. Auch sie war in Gedanken noch bei der Séance und den eigenartigen Empfindungen, die diese in ihr ausgelöst hatte.

»Und ich frage mich, wie sie all die Dinge wissen konnte«, fuhr Mama fort.

Valerian lachte. »Man könnte ja meinen, sie hat dich überzeugt. Sie wird ihre Mittel und Wege haben, im Vorfeld etwas über die Gäste in Erfahrung zu bringen. Ein blanker Schilling hier und da, um beim Dienstpersonal die Zunge zu lösen.«

»Das wird es sein. Vermutlich hast du recht. Was denkst du, Valentina?«

»Oh, gewiss ist es, wie ihr sagt.« Sie lächelte. »Und dennoch überzeugend vorgebracht.«

Dabei verschwieg sie Mama und Valerian allerdings die merkwürdige Unterhaltung mit Madame Persephone nach der Séance, die Valentina mit einer eigenartigen, nicht unangenehmen Unruhe zurückgelassen hatte. Im Nachhinein fragte sie sich, ob Madame Persephone ihr Angebot ernst gemeint hatte oder ob sie Valentina lediglich hatte aufziehen wollen.

Zwei

Madame Persephones Bibliothek, Portland Place, London, 16. März 1862

PERSEPHONE LYNESS SAß an dem schweren, dunklen Schreibtisch. Das Licht des Kerzenleuchters brach sich in der glänzenden Kristallkugel, die in einem gusseisernen Halter ruhte. Persephone brütete über einem dicken, ledergebundenen Buch, dessen Seiten, braun und empfindlich wie trockenes Herbstlaub, eng in feinen Lettern beschrieben waren. Reglos wie ein Baum stand ihr Assistent Mr Stoker an ihrer Seite und rührte sich erst, als sie schließlich aufsah und sich zu ihm umwandte.

»Was halten Sie davon, Stoker?« Sie schob ihm den alten, staubigen Wälzer zu, und er beugte sich darüber. Persephone beobachtete aufmerksam das Spiel der feinen Muskeln unter seiner fahlen Gesichtshaut. Ein kleines Zucken in seinen Schläfen zeigte Aufregung an. Seine Kiefermuskeln spannten sich und eine Falte bildete sich zwischen seinen Augen.

»Sie haben es also auch gesehen, mein Freund, nicht wahr?«

Stoker nickte langsam und wandte sich wieder dem aufgeschlagenen Buch zu. Schließlich richtete er sich auf, und seine langen, kräftigen Finger, die ein wenig an knorrige Zweige erinnerten, formten Worte.

Persephone nickte. »Das dachte ich auch. Es könnte gut sein, dass wir endlich gefunden haben, wonach wir schon so lange suchen. Diese Aura. Noch nie habe ich eine derart fokussierte odische Energie wahrgenommen. Sie war einfach außergewöhnlich. Erstaunlich.«

Mit ruhigen, bedächtigen Gesten antwortete Stoker, und seine Lippen verzogen sich zu einem leichten Lächeln, das kleine Fältchen um seine dunklen Augen entstehen ließ.

»Wir können es nur hoffen. Bloß weiß die junge Dame noch nichts von ihrer tragenden Rolle in diesem Stück. Und ich fürchte, meine direkte Herangehensweise war nicht besonders gelungen. Schreiben wir es meiner außerordentlichen Erregung zu. Ich habe jedoch Bedenken, dass ich die junge Dame verschreckt haben könnte.«

Stoker lachte. Es war ein dunkler Ton, der tief in seiner Brust erzeugt wurde und wie das entfernte Grollen eines Sommergewitters klang. Seine Finger tanzten durch die Luft.

»Ihr Wort in Gottes Ohr, mein Lieber«, entgegnete Persephone. »Vielleicht ist da etwas Wahres dran. Es wird, was sein soll. Dennoch überlege ich, ob es nicht besser wäre, dem Schicksal möglicherweise etwas auf die Sprünge zu helfen.«

Wieder gestikulierten Stokers knorrige Hände.

»Sie haben recht. Ich werde warten. Auch wenn Geduld nicht gerade eine meiner Stärken ist, mein

Guter. Aber das wissen Sie schließlich am allerbesten.«

Abermals ließ Stoker sein grollendes Lachen hören.

»Lassen Sie mich sehen, ob ich etwas erkennen kann«, sagte Persephone schließlich und klappte das Buch zu, was eine feine Wolke Staubflöckchen aufwirbelte, die im Kerzenschein tanzten.

Mit einem tiefen Seufzer reichte sie Stoker das Buch, der damit zu einem der deckenhohen Bücherregale ging und es zurück an seinen Platz stellte, während Persephone die große Kristallsphäre in die Tischmitte zog. Sie rückte den Kerzenleuchter dahinter. »Holen Sie das Medaillon. Ich werde versuchen, ob ich etwas empfangen kann. Die Schwingungen im odischen Netzwerk erscheinen mir heute besonders stark.«

Der hochgewachsene Assistent nickte bedächtig und ging mit ausgreifenden Schritten zur Tür.

Persephone atmete noch einmal tief durch und beugte sich über die spiegelnde Glaskugel.

Drei

Stadthaus von Lord und Lady Marksbury, Harewood Square, London, 18. März 1862

ZWEI TAGE WAREN seit der Soirée bei Lady Hartcliffe vergangen, als Valentina am Morgen von freundlichen Sonnenstrahlen geweckt wurde, die durch die Lücke in den schweren, grünen Samtvorhängen ins Zimmer fielen und die verschlungenen Blätter, Blüten und Früchte auf der Tapete zum Leben erweckten. So verregnet war dieses vertrackte Frühjahr, dass sie schon geglaubt hatte, vergessen zu haben, wie die Sonne aussah und sich anfühlte. Gut gelaunt schob sie die Decken zur Seite, kroch aus dem Bett und streckte sich. Sie öffnete die Vorhänge und sah hinaus. Herrlich sah es aus. Sie wollte Mama oder Valerian bitten, mit ihr eine Ausfahrt in den Hyde Park zu unternehmen. Allerdings war ihr Mama in den Tagen seit der Abendgesellschaft eigenartig geistesabwesend vorgekommen, als ob irgendetwas ihre Gedanken beschäftigte. Valentina wusch sich und läutete nach Elsie, damit sie ihr bei der restlichen Morgentoilette und beim Ankleiden half. Sie zog das cremefarbene Tageskleid mit dem Blumenmuster an, das an Ärmeln und Rock mit mehreren Reihen plissierter, mintfarbener Seidenbänder gesäumt war. Sie fand, dass es gut zum ersten hoffnungsvollen Hauch des Frühlings passte, der sie an diesem Morgen geweckt hatte.

Sie ging die Treppe hinunter in den Morgensalon, wo sie ihre Mutter am Frühstückstisch antraf. Sie war offenbar so in Gedanken versunken, dass sie Valentina nicht bemerkte. Sie rührte in ihrem Tee und schien zum Fenster hinauszusehen. Vor ihr auf dem Teller lag ein unberührtes Stück Röstbrot. Valentina wollte sie nicht erschrecken und räusperte sich leise, bevor sie sprach. »Guten Morgen, Mama. Hast du gut geschlafen?«

Mama fuhr zusammen und wandte den Kopf. Sogleich erschien ein Lächeln auf ihren Lippen, doch es spiegelte sich nicht in ihren Augen.

»Guten Morgen, Liebes. Ja, sehr gut, danke.« Sie wandte rasch den Blick wieder ab und schaute in ihre Tasse. Valentina hatte den Eindruck, dass ihre Augen gerötet aussahen. Sie legte ihrer Mutter die Hand auf den Unterarm.

»Geht es dir nicht gut, Mama?«

»O doch, natürlich, danke. Ich fürchte, ich habe mich nur ein wenig verkühlt und einen leichten Schnupfen. Kein Wunder bei diesem Wetter. Zum Glück scheint es heute etwas freundlicher zu werden.«

»Richtig«, sagte Valentina und ließ sich von ihrer Mutter Tee einschenken. »Deswegen wollte ich dich auch fragen, ob wir nicht vielleicht eine Ausfahrt in den Hyde Park unternehmen könnten.«

Mama schüttelte den Kopf. »Es tut mir leid, Liebes, ich … ich habe noch einiges zu erledigen. Vielleicht kannst du Valerian oder Corbin bitten, dich zu begleiten. Sie sind in der Bibliothek.«

Valentina fragte sich, was ihre Mutter so Dringendes zu erledigen hatte, dass sie an ihrem ersten sonnigen Tag in London auf einen Ausflug in den Park verzichten wollte. Heute würde halb London dort anzutreffen sein. Alle, die Rang und Namen hatten, würden die Gelegenheit nutzen, ihre edlen Reitpferde, auf Hochglanz polierten Kutschen, die neueste Frühjahrsmode aus Paris und natürlich ihre heiratsfähigen Töchter vorzuführen. Und das wussten auch die begehrten jungen Herren, die dort ebenfalls zum Schaulaufen antreten würden. Das Spektakel konnte sich Valentina auf keinen Fall entgehen lassen.

»Ist Papa im Studierzimmer?«, fragte sie. »Ich würde ihn gern fragen, ob wir die Kalesche nehmen können.«

»Bitte störe ihn nicht, er hat zu tun«, sagte ihre Mutter, und Valentina glaubte, eine unerklärliche Schärfe in ihrem Ton bemerkt zu haben. »Er wird gewiss nichts dagegen haben.«

Sie stutzte und sah ihre Mutter fragend an. Papa hatte an den beiden vorangegangenen Abenden bereits im Club zu Abend gegessen, was meistens ein Zeichen war, dass im Parlament etwas Wichtiges stattfand, er Leute treffen und dringende Angelegenheiten besprechen musste.

»Meinst du, es gibt eine Krise im Parlament? Er würde uns doch gewiss sagen, wenn es Grund zur Sorge gäbe, nicht wahr?«

Mama nickte nur knapp. »Ja, das würde er. Bevor ihr ausfahrt, solltest du aber gut frühstücken. Soll ich dir etwas Porridge bringen lassen?«

Valentina hatte das unbestimmte Gefühl, dass ihre Mutter nur zu gern das Thema wechselte, aber es hatte keinen Sinn, sie zu bedrängen. Mama konnte recht stur sein. Also beschloss sie, sich die Laune und den schönen Sonnentag nicht verderben zu lassen.

Als sie gefrühstückt hatte, ging sie in die Bibliothek, um ihre Brüder zu bitten, sie bei der Ausfahrt zu begleiten. Als sie den Raum betrat, hörte sie noch, wie jemand an der Haustür läutete und der Butler ging, um zu öffnen. Sie hatten recht spät gefrühstückt, vermutlich war es eine der Damen, die regelmäßig auf ihrer morgendlichen Runde hereinschauten, um mit Mama den neuesten Klatsch auszutauschen.

Valentina war überrascht, nur Corbin in der Bibliothek anzutreffen. Offenbar war Valerian bereits ausgeritten, und Valentina fragte sich, ob er möglicherweise darauf aus war, jemand Bestimmten zu treffen. Zum Glück gelang es ihr mit Leichtigkeit, Corbin zu einer Ausfahrt im Park zu überreden. Als sie gerade die Bibliothek wieder verlassen wollte, erschien der Butler und teilte ihnen mit, dass Mama sie im Salon zu sehen wünschte.

»Anscheinend haben wir Besuch, der auf unsere Anwesenheit Wert legt«, folgerte Corbin. »Vielleicht ein Galan, dem du bei Lady Hartcliffe ins Auge gefallen bist, Schwesterchen?«

»Ach, papperlapapp!« Valentina schlug ihm spielerisch auf dem Arm. »Komm, wir sollten Mama nicht warten lassen.«

Sie folgten dem Butler in den Salon, und Valentina wäre am liebsten gleich rückwärts wieder hinausgegangen. »Corbin, Valentina, da seid ihr ja. Kommt herein und begrüßt unsere lieben Gäste. Lord Udley, Mrs Palfrey, ich darf Ihnen meinen Jüngsten vorstellen, Mr Corbin Day. Und Valentina kennen Sie ja bereits.«

Mrs Palfrey lächelte und knickste kurz. Lord Udley hatte sich erhoben und verneigte sich steif, wobei er Valentina ein Lächeln schenkte, das ihr einen kalten Schauer über den Rücken laufen ließ.

»Mrs Palfrey, Lord Udley«, stieß sie hervor und knickste leicht. Ihre Mutter warf ihr einen tadelnden Blick zu. »Was für eine Überraschung. Wie ... schön, Sie zu sehen.«

»Die Freude ist ganz meinerseits, Miss Day. Mr Day.« Lord Udley nahm ein in Seidenpapier geschlagenes Bouquet von dem Tischchen neben seinem Sessel und reichte es Valentina. »Ich habe mir erlaubt, Ihnen den Frühling ins Haus zu bringen, verehrte Miss Day.«

Valentina nahm den Strauß an, schlug das Seidenpapier zur Seite und betrachtete die Blumen. »Die ... die sind wirklich hübsch, vielen Dank, Mylord. Ich werde sie gleich in die Vase stellen lassen.«

»Es freut mich, dass Ihnen mein kleiner Blumengruß gefällt. Ihr Einverständnis vorausgesetzt, würden wir den Frühling gern um eine wunderschöne Blüte bereichern, indem wir Sie in die Natur entführen. Meine Kalesche wartet unten, und ich würde Sie gern zu einer kleinen Ausfahrt im Park verleiten. Ihre werte Frau Mama sagte bereits, sie selbst sei leider verhindert, aber meine liebe Schwiegermama wird uns begleiten.«

»Dann hat auch alles seine Ordnung, nicht wahr?«, ergänzte Mrs Palfrey.

Valentina warf ihrem Bruder einen flehenden Blick zu, von dem sie hoffte, dass er ihn richtig auffassen würde. Es war Corbin anzusehen, dass er sich aus dieser Situation lieber herausgewunden hätte, denn er hatte offensichtlich keine große Lust auf eine Ausfahrt mit Udley und seiner Schwiegermutter.

»Ähm, wenn ... wenn es keine Umstände macht, würde ich Sie auch gern begleiten«, stammelte Corbin. »Wir wollten ohnehin heute eine Ausfahrt unternehmen. Ich könnte Aries nehmen, es wird höchste Zeit, dass ich ihn einmal wieder bewege. Leider war das Wetter bisher nicht gerade ideal für längere Ausritte. Ich werde ihn gleich satteln lassen und treffe Sie dann draußen.«

Corbin verneigte sich und verließ den Salon, und Valentina war erleichtert, dass er ihre stumme Bitte so rasch verstanden hatte. Allerdings fragte sie sich, warum ihre Mutter Lord Udley nicht unter irgendeinem Vorwand abgewimmelt hatte. Hatte sie sich nicht auf Lady Hartcliffes Soirée darüber ausgelassen, wie schamlos Lady Barlings versucht hatte, dem greisen Lord Saxby ihre Töchter aufzudrängen? Was war nur in sie gefahren, ausgerechnet Lord Udley so bereitwillig ihr Einverständnis zu geben, Valentina zu einem Ausflug einzuladen? Für eine geübte Diplomatin wie ihre Mutter wäre es ein Leichtes gewesen, eine Ausrede zu finden, die niemanden brüskiert hätte. Fragend sah sie zu ihr hinüber, doch Mama schien ihren Blick zu meiden.

Allmählich wurde ihr Mamas rätselhaftes Verhalten unheimlich. Sie konnte das Gefühl nicht abschütteln, dass da etwas äußerst Merkwürdiges vor sich ging.

Sie folgte Mrs Palfrey und Lord Udley hinaus, wo eine elegante zweispännige Kalesche mit geöffnetem Verdeck auf sie wartete. Ein junger Diener klappte den Tritt herunter und öffnete den Schlag, und Valentina ließ sich von einem schmierig lächelnden Lord Udley hineinhelfen. Nachdem sie Platz genommen und ihre Röcke geglättet hatte, stieg auch Mrs Palfrey ein, die sich neben ihr auf der Bank niederließ, und schließlich Lord Udley, der sich ihnen gegenübersetzte.

Endlich kam auch Corbin auf Aries an die Seite der Kalesche geritten, und Lord Udley bedeutete dem Kutscher, loszufahren.

Sie verließen den Harewood Square und bogen bald in die Marylebone Road und schließlich in die Edgeware Road ein. Bei dem herrlichen Sonnenschein waren sie natürlich nicht die Einzigen, denen die Idee zu einer Ausfahrt in den Park gekommen war, und so steckte ihre Kalesche bald inmitten eines geschäftigen Gewimmels aus Kutschen, Hackney Coaches, Omnibussen, Reitern, Fußgängern und Straßenhunden. Langsam schoben sie sich durch den chaotischen Verkehr Richtung Park. Sie durchquerten das Cumberland Gate und folgten der Ringstraße durch den Park, die im Süden am Serpentine Lake vorbeiführte. Auch hier herrschte reger Betrieb, und Valentina beobachtete fasziniert das bunte Treiben. Sportliche Einspänner und junge Gentlemen auf Pferden preschten an ihnen vorbei, und in offenen Kaleschen saßen modisch herausgeputzte Damen mit luftigen, mit Federn und Blüten geschmückten Hauben und zierlichen, in kokettem Winkel aufs Haar gesteckten Strohhütchen. Der Anblick versöhnte sie wieder ein wenig mit der Tatsache, dass sie dem gräulichen Lord Udley gegenübersaß, während seine Hopfenstange von Schwiegermutter versuchte, Valentina in ein Gespräch über London, den *bon ton* und die Schwierigkeiten mit ihrem Dienstpersonal zu verwickeln.

Corbin trabte mit Aries an ihre Seite. »Ein ziemliches Gewimmel, nicht? Du solltest erst sehen, wie es bei diesem Wetter auf der Rotten Row zugeht. Kutschen dürfen dort allerdings nicht fahren, weil der Reitweg auch so schon rettungslos überfüllt ist. So etwas kannst du daheim in Sussex nicht erleben.«

»Ist dies ihr erster Besuch im Hyde Park, Miss Day?«, fragte Lord Udley. Er stützte die Hände auf die Knie und beugte sich unangenehm nah zu ihr herüber.

»Ja, bisher hatten wir noch keine Gelegenheit, auszureiten.«

»Aber nun, da Sie hier sind, strahlt die Sonne sogleich. Man mag es ihr nicht verdenken. Mir ergeht es ebenso in Ihrer reizenden Gegenwart.«

»Äh … vielen Dank, Lord Udley«, stotterte Valentina, wandte rasch den Blick zur Seite und tat, als betrachte sie mit besonderer Faszination die anderen Ausflügler.

»Udley!« Mrs Palfrey lachte und schlug ihrem Schwiegersohn mit der flachen Hand aufs Knie. »Sie machen Miss Day ja ganz verlegen. Sie müssen Udley verzeihen, meine Liebe. Er ist ein unverbesserlicher Charmeur. So hat er auch spielend meine Cora um den Finger gewickelt, Gott hab sie selig.« Sie räusperte sich. »Nun, wenn Sie mich fragen, es ist ja auch kein Zustand, wenn so ein Mannsbild zu lange allein bleibt. Dem Armen fehlt die ordnende weibliche Hand. Da bin ich selbstverständlich nur ein schlechter Ersatz.«

»Mrs Palfrey ist der Meinung, ich befände mich in einem Zustand der moralischen Verwahrlosung und bedürfte einer Gattin, die mich mit sanfter weiblicher Autorität wieder auf den Pfad der Tugend führt. Ist es nicht so, Mrs Palfrey?« Udley lachte. »Aber sie hat ja recht. Das Leben eines Junggesellen ist auf Dauer nicht das Wahre.«

Aus dem Augenwinkel nahm sie den Blick seiner kleinen, lauernden Augen wahr. Am liebsten hätte sie einfach weiter die Vorbeifahrenden beobachtet und so getan, als hätte sie die schlecht versteckte Anspielung nicht verstanden. Doch es wäre höchst unhöflich gewesen, ihren Begleiter einfach zu ignorieren.

»Ich möchte meinen, dass Sie gewiss noch die Richtige finden werden«, entgegnete sie stattdessen und lächelte kurz.

»Na aber, meine Liebe!«, rief Mrs Palfrey. »Es gibt genügend junge Damen, die nur zu gern das Glück hätten, sich Baronin Udley nennen zu können, aber ein Mann hat seine Ansprüche, nicht wahr?«

Valentina sah über die Schulter verzweifelt zu Corbin, der sich aufgrund der Enge wieder hatte zurückfallen lassen müssen und nun direkt hinter ihnen ritt. Er zuckte kurz entschuldigend mit den Schultern und verzog das Gesicht.

»Man möchte sich schließlich nicht mit einem gänzlich reiz- und geistlosen Geschöpf zufriedengeben, das verstehen Sie doch«, fuhr Mrs Palfrey fort, und Lord Udley nickte eifrig. Sein Blick tastete über Valentinas Körper, und sie senkte den Blick und strich ihre Röcke glatt.

»Was man von Ihnen natürlich ganz und gar nicht sagen könnte«, beeilte Udley sich zu sagen. »Eine bezaubernde junge Dame wie Sie könnte gewiss auch einen eingefleischten Junggesellen von den Vorteilen der Ehe überzeugen.«

Er lächelte breit und rutschte noch ein Stück näher an die Kante seiner Sitzbank, sodass seine Knie beinahe die ihren berührten.

»Impertinent! So eine unmögliche Person!«, schimpfte Valentina und drückte dem erschrocken dreinblickenden Dienstmädchen ihre Haube in die Hand. »Nie wieder werde ich mich diesem schleimigen Widerling auch nur auf eine Meile nähern.«

Corbin lachte und legte ebenfalls Hut und Handschuhe ab. »Entschuldige, ich weiß, es ist überhaupt nicht komisch. Leider konnte ich nichts tun. Es war nicht genug Platz, um neben der Kalesche zu reiten. Aber wie es sich anhört, weißt du dich schon selbst zu wehren, Schwesterherz.«

»Natürlich! Ich hätte nicht übel Lust gehabt, ihm seinen albernen Bart in Brand zu setzen«, wetterte Valentina. »Aber das stellst du dir so einfach vor. Ihr Männer habt es da besser. Du weißt doch, wie es ist. Von einer Dame erwartet man, dass sie sich höflich zurückhält. Wie schnell wäre meine Reputation dahin, wenn ich seine dreisten Avancen mit der Deutlichkeit zurückgewiesen hätte, die sie verdienen, oder wenn ich diesem schmierigen Pflaumenaugust ins Gesicht gesagt hätte, was ich wirklich denke. Ich kann es mir einfach nicht erlauben, dass mir der Ruf einer Xanthippe vorauseilt.«

»Vielleicht hast du recht. Aber du musst ihn ja nicht wiedersehen. Wenn er hier wieder auftaucht, bist du eben nicht zu Hause oder hast plötzlich unerklärliche Kopfschmerzen.«

Valentina massierte ihre Schläfen. »Das wäre im Augenblick noch nicht einmal gelogen. Ich frage mich, was in Mama gefahren ist. Ob sie ernsthaft glaubt, dass ich mich für einen Mann wie Udley interessieren könnte? Er ist uralt und sieht aus wie ein Molch!«

»Udley ist wohlhabend und hat gute Verbindungen. Vielleicht dachte sie, du legst auf so etwas Wert?« Corbin sah allerdings nicht aus, als ob er seine eigene Erklärung besonders überzeugend fand.

»Dann liegt sie aber mehr als falsch! Und Mama sollte mich besser kennen. Überhaupt ist sie in den letzten Tagen eigenartig, findest du nicht?«

»Sie war sehr still, das ist mir auch aufgefallen«, meinte Corbin. »Ich hatte den Eindruck, es ginge ihr nicht gut, aber sie sagte, ich solle mir keine Gedanken machen.«

Als sie ihre Übergarderobe abgelegt hatten und in die Eingangshalle kamen, nahm sie dort der Butler in Empfang.

»Lady Marksbury erwartet die jungen Herrschaften im Salon«, vermeldete er, und Corbin und Valentina sahen einander an.

»Dann kannst du Mama ja gleich sagen, was du von Lord Udleys Brautwerbung hältst.« Corbin feixte.

»Worauf du Gift nehmen kannst«, entgegnete Valentina noch immer wütend.

Als sie den Salon betraten, saß Mama am Fenster und stickte. Sie sah auf, lächelte und legte das Handarbeitszeug in den Schoß.

»Da seid ihr ja! Wie war die Ausfahrt? Hat dir der Park gefallen, Valentina?«

Valentina stemmte angriffslustig die Hände in die Hüfte. »Der Park schon, meine Begleitung weniger. Warum hast du diesen aufgeplusterten Bartkauz nicht gleich abgewimmelt? Hast du wirklich geglaubt, ich bin ganz versessen darauf, mich von einem Greis umwerben zu lassen?«

Eine steile Falte bildete sich über Mamas Nasenwurzel. »Lord Udley ist kein Greis und noch eine recht stattliche Erscheinung. Er ist fünfundvierzig und damit im besten Mannesalter. Dein Vater ist schließlich auch kein Greis. Ganz im Gegenteil, er ist weit entfernt davon, sich wie einer zu verhalten.«

Valentina sah ihre Mutter entgeistert an. »Das kann doch wohl nicht dein Ernst sein. Hast du nicht gerade noch gesagt, wie schrecklich du es findest, dass Lady Barlings versucht, ihren Töchtern diesen Saxby aufzudrängen? Du hast gesagt, so etwas hätten wir niemals nötig. Erinnerst du dich?«

»Zeiten ändern sich, Liebes«, sagte Mama mit ernster Stimme. »Und Saxby ist fast sechzig. Das kannst du doch gar nicht vergleichen. Lord Udley ist ein hoch angesehener Mann und sein Landsitz in Somerset ...«

»Und wenn er der russische Zar wäre!«, rief Valentina. »Ich bin erst achtzehn, Mama. Du kannst Udley doch nicht ernsthaft als Heiratskandidaten in Erwägung ziehen. Einen Mann, der beinahe so alt ist wie mein Vater. Wir haben nichts gemeinsam, er ist schrecklich aufdringlich.«

»Lord Udley mag etwas übereifrig erscheinen, aber doch nur, weil er von dir hingerissen ist. Du könntest es weit schlechter treffen. In erster Linie ist es wichtig, dass du versorgt bist.«

»Aber das bin ich doch. Du hast immer gesagt, dass ich mir keine Gedanken machen muss, weil ich eine großzügige Mitgift mit in die Ehe bringen würde. *Beecham's Court Chronicle* hält mich für die aussichtsreichste Debütantin der Saison. Da muss ich mich doch wohl gewiss nicht dem ersten besten Bewerber an den Hals werfen.«

»Es ... es sind Umstände eingetreten, die erfordern, dass wir schnell handeln, Valentina. Bitte versteh doch, es ...«

»Mama! Du willst uns doch verulken«, rief Corbin und lachte, doch die Miene der Mutter blieb ernst. Er schüttelte den Kopf. »Nein. Du kannst doch nicht ernsthaft verlangen, dass Valentina auf das Werben dieses Hanswursts eingeht. Was sagt denn Papa dazu?«

»Papa? Papa?« Mamas Stimme klang schrill. »Papa interessiert sich nicht dafür, wen Valentina heiratet. Wir interessieren ihn nicht. Es ist ihm vollkommen gleich, ob wir im Armenhaus landen.«

»Wie bitte?«, fragte Corbin. »Ich verstehe nicht.«

Mama sprang auf. Dabei rutschte das Handarbeitszeug von ihrem Schoß und der Stickrahmen fiel klappernd auf das Parkett. Sie griff sich an den Kopf und begann, im Zimmer auf und ab zu gehen. Valentina spürte eine leichte Übelkeit. Noch nie hatte sie ihre Mutter derart aufgewühlt erlebt, und es war beängstigend.

»Klammheimlich davongemacht hat er sich. An dem Abend, als wir bei Lady Hartcliffe waren. Mit diesem Flittchen. Dieser Lillian Ray. Ich war so dumm! Ich hätte es ahnen müssen.«

»Lillian Ray? Die Schauspielerin?« Corbin starrte sie mit geweiteten Augen an. Auch Valentina konnte nur wie vom Donner gerührt dastehen und sie ansehen.

»Dass er eine Affäre hatte, wusste ich schon lange.« Mama blieb stehen und massierte mit Daumen und Zeigefinger ihre Nasenwurzel. »Welcher Mann nimmt sich nicht früher oder später eine Geliebte?« Valentina warf ihrem Bruder einen fragenden Blick zu. Der machte ein unschuldiges Gesicht und zog die Schultern hoch.

»Damit hätte ich leben können. Aber das?« Mama legte den Handrücken an die Schläfe und strich sich damit eine lose Strähne ihres blonden Haars aus dem Gesicht. »Er ist auf und davon, höchstwahrscheinlich nach Amerika, und überlässt seine Frau und seine Familie der Schande. Wie sie sich alle das Maul zerreißen werden!«

»Aber es ist doch nicht deine Schuld. Und unsere auch nicht«, protestierte Corbin schwach.

»Schuld. Schuld. Wen interessiert schon Schuld? Wenn es sich herumspricht, dass euer Vater uns hat sitzen lassen, um mit dieser Schauspielerin durchzubrennen, sind wir gesellschaftlich ruiniert.« Mama ging zum Fenster und starrte hinaus. »Aber das ist noch nicht alles. Onkel Henry war heute Morgen mit mir bei der Bank. Er ist bisher der Einzige, den ich eingeweiht habe. Offenbar hat Victor seine Flucht bereits länger vorbereitet und sämtliche Konten und Wertanlagen geplündert. Ich kann mir denken, dass die feine Miss Ray gern auf großem Fuß lebt. Sie hat gewiss genügend jüngere und hübschere Verehrer, aber ein spendabler Mann ist doch gleich um einiges attraktiver, nicht wahr?« Ihre Stimme triefte vor Gift. Valentina konnte sich nur schwer ausmalen, welche Gefühle in ihrer Mutter toben mussten. Sie selbst war wie betäubt, als wäre sie der Realität entrückt und in einem bösen Traum gefangen und müsste nur aufwachen.

»Und … was bedeutet das?«, fragte Valentina zögerlich.

»Das bedeutet, wir sind so gut wie mittellos. Er hat offenbar alles sorgfältig geplant und gewartet, bis wir in London sind, um auch Charlhurst zu verkaufen.«

»Er hat … was?«, riefen Valentina und Corbin gleichzeitig. Valentina starrte ihre Mutter an. Das konnte doch überhaupt nicht sein! »Heißt das, wir können nicht wieder zurück nach Sussex?«

Mama schüttelte den Kopf, rote Flecken hatten sich auf ihren blassen Wangen und auf ihrem Hals gebildet.

»Aber was soll denn nur werden?«, fragte Corbin.

»Um euch Jungen mache ich mir wenig Sorgen, ihr habt beizeiten ein bescheidenes Vermögen übertragen bekommen und könnt euren Unterhalt selbst bestreiten, aber was wird aus Valentina und Izora? Wo sollen wir leben? Und woher das Geld nehmen, um zu leben?« Mamas Kinn bebte und Tränen schimmerten in ihrem hellen Wimpernkranz. »Unsere einzige Chance ist eine vorteilhafte Heirat, Valentina.«

»Aber doch nicht Udley!«, rief Corbin. »Wir können doch einen anderen Mann für Valentina finden. Sie ist jung, sie ist hübsch. Es kann doch nicht so schwer sein, jemanden ...«

»Jeden Augenblick kann ans Licht kommen, was euer Vater getan hat«, sagte Mama und wandte sich ihnen mit finsterem Gesichtsausdruck zu. »Wenn erst einmal die Runde macht, dass Valentinas Vater mit einer Frau von fragwürdiger Moral durchgebrannt ist und sie überdies keine Mitgift zu erwarten hat, helfen ihr auch ihre Jugend und ihr gutes Aussehen nicht. Udley ist von dir hingerissen, mein Kind. Wenn du auf sein Werben eingehst und auf eine schnelle Heirat drängst, wird er nicht lange zögern.«

»Aber Mama!«, rief Valentina. Hitze stieg ihr in die Wangen und ihr Kopf pochte. »Ich weiß, unsere Lage ist verzweifelt und du weißt nicht, wie es weitergehen soll, aber ich kann doch keinen Mann heiraten, der mir abgrundtief zuwider ist. Ich weiß, dass ich womöglich zu viel erwarte, wenn ich hoffe, aus Liebe zu heiraten, und ich verstehe deine Verzweiflung. Aber man muss sich doch zumindest in gegenseitigem Respekt zugeneigt sein. Es muss doch wenigstens ein Funke vorhanden sein, aus dem später Liebe und Verbundenheit erwachsen können. Mit Lord Udley verbindet mich nichts, und ich kann ihn unmöglich heiraten!«

»Aber begreife doch, Valentina! Es wird uns nichts anderes übrig bleiben. Wir müssen unsere Chance ergreifen, solange ich noch geheim halten kann, was geschehen ist. Ich werde sagen, dein Vater besucht Verwandte im Norden. Doch eine solche Lüge werde ich nicht lange aufrechterhalten können. Im Übrigen können wir nur hoffen, dass bei der Bank niemand etwas durchsickern lässt. Ach, es ist fürchterlich!«

»Mama! Bitte, es muss doch eine andere Lösung geben«, flehte Valentina. »Ganz gleich, wie aussichtslos jetzt alles scheint. Gemeinsam finden wir einen Ausweg.«

Doch ihre Mutter schüttelte nur den Kopf.

»Auf keinen Fall werde ich Udley heiraten!«, schrie Valentina. »Niemals! Lieber lebe ich auf der Straße.«

»Du hast keine Wahl!«, brüllte Mama. Ihre Stimme kippte. »Denk doch auch an Izzy. Sie ist erst zwölf. Was soll denn aus ihr werden?«

Die Tür flog auf und Valerian kam hereingestürzt. »Was ist denn hier los?« Sein Blick wanderte über die Gesichter der Anwesenden.

Valentina stieß einen wütenden Laut aus, drängte sich an ihrem älteren Bruder vorbei durch die Tür und stürmte die Treppe hinauf.

Vier

Stadthaus von Lord und Lady Marksbury, Harewood Square, London, 18. März 1862

»MAMA HAT SICH in ihrem Zimmer eingeschlossen und Corbin hat geschworen, nicht mehr mit ihr zu sprechen, wenn sie nicht mit diesem Udley-Unsinn aufhört«, sagte Valerian und setzte sich zu Valentina aufs Bett. »Und er hat recht. Du kannst ihn auf keinen Fall heiraten.«

»Aber was soll aus uns werden, Valerian?« Valentina griff nach ihrem Taschentuch und schnäuzte sich undamenhaft. Mit dem Handrücken rieb sie die Tränen aus ihrem Gesicht. »Wir sind mittellos. Die arme Mama. Wie schrecklich es für sie sein muss, so hintergangen worden zu sein. Aber dennoch bringe ich es nicht über mich, diesen Mann zu heiraten. Wenn es dabei nur um mich ginge, würde ich mich schlicht weigern, aber es betrifft ja ebenso Mama und Izzy.«

»Mach dir keine Sorgen, wir werden schon eine Lösung finden«, sagte Valerian und strich ihr eine lose Strähne ihres Haars hinter das Ohr.

»Möglicherweise habe ich das bereits«, sagte Valentina und schwang die Beine vom Bett. Sie ging ins Ankleidezimmer und holte ihr Retikül hervor, dem sie eine quadratische Karte entnahm. »Erinnerst du dich, dass ich mich nach der Séance am Samstagabend noch mit Mrs Lyness unterhalten habe?« Sie reichte ihrem Bruder die Karte.

Valerian nickte und betrachtete die schlichte Visitenkarte.

»Es war recht merkwürdig. Sie sagte, ich hätte eine besondere Aura, und fragte, ob ich möglicherweise Pitman-Stenografie beherrsche.«

»Warum wollte sie das wissen?« Valerian drehte die Karte um.

»Sie sagte, sie sei auf der Suche nach einer Gesellschafterin und persönlichen Assistentin, die sie auf ihren Reisen begleitet, und ich erschiene ihr genau die Richtige für diese Position.«

»Aufgrund deiner besonderen Aura?« Valerian hob zweifelnd eine Augenbraue.

»Richtig. Sie redete irgendetwas von einer Energie und so einem Zeug, ich habe nicht genau hingehört und es zunächst nicht weiter ernst genommen. Aber nun lässt es mich nicht los ... Eine Anstellung als Gesellschafterin könnte es mir ersparen, jetzt rasch zu heiraten. Allerdings kann ich doch Mama und Izzy nicht einfach ihrem Schicksal überlassen.«

»Du willst für Madame Persephone arbeiten?«, fragte Valerian und hatte nun auch die zweite Braue hochgezogen. »Sie ist höchstwahrscheinlich eine Betrügerin. Oder verrückt. Oder vielleicht beides.«

»Aber ich muss nicht ihr Bett teilen oder ihr Kinder gebären.« Valentina schauderte. »Valerian, allein bei dem Gedanken, mich von Lord Udley auf diese Weise berühren zu lassen, möchte ich mich von einer Klippe stürzen.«

Valerian nickte langsam. »Ich denke, ich kann dich verstehen. Also willst du die Stelle annehmen?«

»Es wäre ein Ausweg, oder nicht? Aber was wird aus Izzy und Mama? Mein Gehalt wird nicht ausreichen, um sie zu versorgen.«

»Ich kann für sie sorgen.« Valerian legte ihr die Hand auf den Unterarm. »Und Corbin ist auch noch da. Hör zu, es gibt da etwas, das ich euch ohnehin noch erzählen wollte. Da gibt es eine junge Frau … Evie. Evelyn. Wir haben uns am Ende der vergangenen Saison kennengelernt und einander versprochen, die Verbindung nicht abreißen zu lassen. Wir haben uns geschrieben. Lange Briefe. Kannst du dir das vorstellen? Ich, der kaum eine Zeile ohne Tintenklecks zu Papier bringt? Sie hatte mein Interesse geweckt, aber durch ihre Briefe habe ich mich endgültig in sie verliebt. Natürlich wollten wir einander wiedersehen, sobald wir beide zurück in London wären. Und vergangene Woche auf dem Ball von Lady Dowland sind wir einander endlich wieder begegnet. Das war am Abend deiner Präsentation bei Hofe.«

Valentina runzelte die Stirn. »Das freut mich sehr für dich, Valerian, aber was hat das alles mit unserer prekären Lage zu tun?«

»Du hast mich ja nicht ausreden lassen«, entgegnete ihr Bruder. »Gerade heute haben wir uns zu einem Ausritt im Park getroffen. Sie gab mir ihr Einverständnis, ihren Vater um ihre Hand zu bitten, und das tat ich natürlich auch gleich.«

»Du bist verlobt?« Valentina sah ihn mit weit aufgerissenen Augen an.

»Ja, ich bin verlobt. Evie ist die Tochter des Earls of Farringdon. Ihr Vater ließ durchblicken, dass sie eine ansehnliche Mitgift sowie ein Anwesen in Buckinghamshire mit in die Ehe bringen wird. Es wird also kein Problem sein, Mama und Izzy zu versorgen. Möglicherweise können sie auch bei uns wohnen. Ich bin sicher, Evie wird nichts dagegen haben. Sie ist solch eine herzensgute junge Frau. Du wirst sie lieben.«

»Da bin ich ganz sicher. Wenn du sie liebst, werde ich es gewiss auch tun.« Valentina lächelte und nahm Valerians Hände. »Ich freue mich so für dich. Diese Nachricht ist mir wirklich ein Trost in dieser katastrophalen Lage.«

»Ich weiß nicht, ob das Geld reichen wird, aber bestimmt könnte ich auch dir unter die Arme greifen«, sagte Valerian. »Dann müsstest du die Stelle vielleicht gar nicht annehmen.«

Valentina dachte nach, doch die Vorstellung, ihrem Bruder und seiner neuen Frau im Wege zu sein und von Geld zu leben, das ihnen ermöglichen sollte, eine Familie zu gründen, behagte ihr nicht. Sie würde sich schuldig fühlen.

Valentina schüttelte den Kopf. »Nein. Ich möchte niemandem zur Last fallen, wenn ich es vermeiden kann. Ich werde die Stelle bei Mrs Lyness antreten. Und wenn es mich dort allzu sehr gruselt, finde ich etwas anderes. Allerdings glaube ich kaum, dass irgendeiner der Geister, die Madame Persephone heraufbeschwören könnte, es vermöchte, mich mehr erschaudern zu lassen als der Gedanke an eine Hochzeitsnacht mit Lord Udley.«

Valerian lachte. »Na, wenn du meinst …«

Als Valentina am folgenden Nachmittag am Portland Place aus der Kutsche stieg, war sie sich plötzlich nicht mehr so sicher, ob es wirklich so eine gute Idee war, für diese doch recht merkwürdige Frau und ihren unheimlichen Assistenten arbeiten zu wollen. Doch wenn sie die Alternative bedachte, erschien es ihr zumindest einen Versuch wert.

Selbst für London war die Straße enorm breit, und die Gebäude mit ihren neoklassizistischen Giebelfassaden und Säulenportalen hatten etwas Ehrfurchtgebietendes wie antike Tempel. Wenn Mrs Lyness so mondän wohnte, schien man als Medium ja gutes Geld zu verdienen, dachte Valentina. Jetzt konnte sie nur hoffen, dass Mrs Lyness ihr Angebot ernst gemeint hatte.

Der Butler nahm ihr die Garderobe ab und bat sie, auf einer zierlichen Bank aus dunklem Holz in der Eingangshalle Platz zu nehmen, während er ging, um sie zu melden. Anstatt sich zu setzen, sah sich Valentina neugierig um. Der Raum war erstaunlich hell und freundlich. Wände und Decke waren weiß gestrichen, Licht fiel durch die Buntglasfenster der Tür und brach sich in dem hübsch verzierten Spiegel über dem schmalen Konsolentischchen an der Wand neben dem Eingang. Ein dicker, orientalisch gemusterter Teppich dämpfte die Schritte auf dem dunklen Holzboden, und ein hübscher Kristallleuchter hing an einer Kette von der Decke. Was hatte sie auch erwartet? Totenschädel, Masken und mittelalterliche Folterinstrumente? Sie musste über sich selbst lachen und fuhr zusammen, als sie hinter sich ein Hüsteln hörte. »Mrs Lyness erwartet Sie in der Bibliothek.«

Es kam Valentina vor, als enthielte der Blick des Butlers einen Hauch von Vorwurf, allerdings konnte es auch sein, dass seine leicht indignierte Miene quasi zu seiner Arbeitsuniform gehörte. Sie folgte ihm durch einen schmalen Rundbogen, hinter dem sich das zentrale Treppenhaus befand, und durch eine Tür auf der rechten Seite.

»Stoker hat also recht behalten«, begrüßte sie die Stimme von Mrs Lyness. »Er war der festen Überzeugung, dass Sie den Weg hierher finden würden. Herzlich willkommen, Miss Day. Bitte, nehmen Sie doch Platz.« Sie wies auf einen Stuhl vor dem Schreibtisch.

Valentina setzte sich und sah sich im Raum um. Mrs Lyness trug heute ein schlichtes, dunkelblau und schwarz gestreiftes, hochgeschlossenes

Tageskleid mit langen Ärmeln und hatte die Haare in der Mitte akkurat gescheitelt und zu einem Knoten gesteckt. Bei Tageslicht ähnelte sie mehr einer energischen Gouvernante als einem Trancemedium von internationalem Renommee, das in den vornehmen Salons Europas verkehrte. Lediglich die silbergraue Haarsträhne, die sich von der Stirn nach hinten durch ihr nachtschwarzes Haar zog, sowie ihre kerzengerade Haltung verliehen ihr etwas Aristokratisches.

»Sie kommen wegen der Stelle.« Es klang mehr wie eine Feststellung als wie eine Frage, dennoch fühlte sich Valentina bemüßigt, zu antworten, indem sie eine Gegenfrage stellte.

»Ich gehe davon aus, dass Sie bisher noch niemanden gefunden haben und die Stelle noch frei ist?«

»Da vermuten Sie richtig, Miss Day. Die Position erfordert eine Reihe verschiedener Qualifikationen, die sich nur selten in einer Person vereint finden lassen.«

»Aha«, machte Valentina. »Aber ich besitze diese … Qualifikationen? Ich muss Sie allerdings darüber informieren, dass ich weder das Stenografieren beherrsche noch Referenzen aufweisen kann.«

Ihr Blick wanderte zu einem Gemälde, das über dem Kamin hing. Es zeigte eine Art geflügelten und gehörnten Dämon mit übertrieben muskulösem Rücken und Beinen und einem kräftigen Echsenschwanz. Das Wesen ragte bedrohlich über einer am Boden liegenden Frau aufragte. Die Augen der Liegenden waren weit aufgerissen und ihre Hände wie zu einem Gebet zusammengelegt und schützend über den Kopf gestreckt.

Offenbar war Madame Persephone ihrem Blick gefolgt. »Ein faszinierendes Kunstwerk, nicht wahr? William Blake. *Der Große Rote Drache und die Frau, mit der Sonne bekleidet.* Es zeigt den ewigen Kampf des Guten gegen das Böse. Blakes kraftvolle Visionen und seine verstörende Wucht imponieren mir.«

»Äh … ja, sehr … interessant«, entgegnete Valentina.

Mrs Lyness schien bemerkt zu haben, dass Valentina das Gemälde nicht behagte, und sie nahm ohne Umschweife den Gesprächsfaden wieder auf. »Referenzen sind für mich zweitrangig, Miss Day. Es wäre durchaus von Vorteil gewesen, wenn Sie über Kenntnisse in der Pitman-Kurzschrift verfügten, da es zu Ihren Aufgaben gehören wird, Aufzeichnungen über meine Reisen und spiritistischen Sitzungen zu machen und zu verwalten. Aber es wird auch so gehen.«

»Um ehrlich zu sein, habe ich überhaupt keine Vorstellung davon, welche Pflichten außer den gerade von Ihnen genannten meine Aufgabe umfassen wird und wie ich mir meinen Arbeitsalltag vorstellen muss.«

Mrs Lyness lachte. »Das ist auch schwer zu umreißen, meine Liebe. Ich brauche eine vertrauenswürdige Person, die mich auf meinen Reisen begleitet und darüber Protokoll führt und die mich bei der Erledigung meiner Korrespondenz sowie der Organisation und Verwaltung meiner Termine und Aufträge unterstützt. Da ich mich, wie Sie wissen, bisweilen in recht gehobener Gesellschaft bewege, sind gute Manieren und eine anständige Erziehung von essentieller Wichtigkeit. Ich denke, bei Ihrem Elternhaus dürfen wir davon ausgehen, dass Sie eine solche genossen haben. Sprechen Sie Fremdsprachen?«

Valentina nickte eifrig. »Latein, Französisch und etwas Italienisch.«

»Na, fabelhaft! Brava!«, rief Mrs Lyness, und das leicht ironische Lächeln, das Valentina bereits bei der Soirée aufgefallen war, huschte über ihre Lippen.

»Aber Sie sprachen von einer Reihe verschiedener Qualifikationen. Gewiss werden Sie keine Schwierigkeiten haben, jemanden mit guten Manieren und Fremdsprachenkenntnissen zu finden.«

»Sehen Sie«, sagte Madame Persephone und deutete mit dem Zeigefinger in die Luft, ungefähr auf der Höhe von Valentinas Nasenspitze. »Wie ich bereits bei Lady Hartcliffe andeutete, benötige ich so etwas wie eine Gesellschafterin und persönliche Assistentin. Sie haben Witz, sind schlagfertig und hinterfragen die Dinge, die Ihnen vorgesetzt werden. Das gefällt mir. Ich vermisse auf meinen

Reisen zunehmend Gesellschaft. Selbstverständlich habe ich Mr Stoker, jedoch fehlt mir bisweilen der weibliche Umgang. Die meisten Menschen langweilen mich.«

»Und ich langweile Sie nicht?«

Wieder ließ Madame Persephone ihr hintergründiges Lächeln sehen. »Noch hatten Sie nicht die Gelegenheit dazu, und ich habe Hoffnung. Eines interessiert mich allerdings noch. Dürfte ich Sie fragen, was Sie bewogen hat, Ihre Meinung bezüglich meines Angebots zu ändern? Übrigens würde ich eine ehrliche Antwort vorziehen.« Ihre eisgrauen Augen schienen durch Valentina hindurchsehen zu wollen.

Sie widerstand dem Impuls, sich abzuwenden, und räusperte sich. »Es sind Umstände eingetreten, die es notwendig erscheinen ließen, dass ich meinen Unterhalt selbst bestreite.«

»Und wenn diese Umstände nicht eingetreten wären? Was wären dann Ihre Pläne und Ambitionen gewesen? Heirat?«

Valentina nickte. »Ja, ich denke schon.« Eigentlich hatte sie nie viele Gedanken darauf verschwendet. So war eben der Lauf der Dinge. Junge Frauen debütierten, fanden einen Ehemann oder blieben auf mildtätige Verwandte angewiesen. »Ich hatte gehofft, aus Liebe zu heiraten und eine eigene Familie zu gründen.«

»Nun, ich möchte auch nicht weiter in Sie dringen, welche Umstände eine solche Zukunft für Sie verhindert haben mögen«, entgegnete Madame Persephone. »Ich nehme an, wie so oft stehen gesellschaftliche oder finanzielle Erwägungen im Wege. Aber erlauben Sie mir, Ihnen noch eine weitere persönliche Frage zu stellen, Miss Day.«

Diese Unterredung geriet ja langsam zum Verhör. »Nur zu. Fragen Sie.«

»Wenn Sie frei wären, alles zu tun, was sie wollten – wäre dann Ihre höchste Ambition ebenfalls, einen guten Mann zu finden, den Sie mit etwas Glück sogar lieben könnten?«

Valentina behielt mit Mühe ihre Gesichtszüge unter Kontrolle. »Finden Sie die Frage nicht etwas suggestiv?«

»In der Tat.« Mrs Lyness lachte leise. »Und die Tatsache, dass Sie ihr ausweichen, ist mir Antwort genug. Ich denke, Sie sind hervorragend qualifiziert für das, was ich mir vorstelle. Darüber hinaus gibt es noch etwas, das Sie auszeichnet.«

Valentina wartete vergeblich darauf, dass Madame Persephone ihr freiwillig verriete, worum es sich dabei handelte. »Und was wäre das?«

»Sie haben von der odischen Kraft gehört, nehme ich an?«

Ihre Frage klang, als hätte sie wissen wollen, ob Valentina rechts und links unterscheiden könne. Dieses Mal war es an Valentina, eine Antwort schuldig zu bleiben, was Madame Persephone mit einem amüsierten Lächeln quittierte.

»Ihrem Schweigen entnehme ich, dass Sie sich damit noch nicht beschäftigt haben. Dann lassen Sie mich diesen Mangel beheben. Es ...« In diesem Augenblick klopfte es an der Tür. »Das wird Stoker sein«, erklärte sie. »Kommen Sie herein.«

Tatsächlich betrat etwas später der hünenhafte Assistent des Mediums die Bibliothek. Er begrüßte Valentina mit einer angedeuteten Verbeugung. Anstatt Platz zu nehmen, blieb er wie ein lebendig gewordenes Standbild hinter der rechten Schulter des Mediums stehen.

»Ich war gerade dabei, Miss Day zu erläutern, was es mit der odischen Kraft auf sich hat.«

Diese Information schien Mr Stoker zu amüsieren, denn er lachte leise, was ein wenig klang wie umherrollende Steine in einer Blechtrommel.

»Kurz gesagt ist die odische Kraft oder Odkraft eine dem Magnetismus ähnliche, unsichtbare und alles durchdringende Energie. Diesen Namen verdankt sie dem Freiherrn von Reichenbach. Er geht auf den Gott Odin zurück. Man könnte auch von Odem oder Lebenskraft sprechen. In fernöstlichen Religionen und Philosophien spricht man von Chi oder Ki. Dahinter verbirgt sich nicht mehr und nicht weniger als die Essenz des Lebens, das Unsterbliche hinter allem Sterblichen, das, was wir auch Geist oder Seele nennen.«

»Aha«, machte Valentina abermals, weil sie nicht wusste, was sie sonst darauf entgegnen sollte. »Das klingt ... faszinierend.«

Mrs Lyness lachte. »Sie brauchen sich mit Ihrer Skepsis mir gegenüber nicht zurückzuhalten. Ich weiß, wie Sie über derlei Dinge denken, schließlich haben Sie Ihre Position bei Lady Hartcliffes Soirée deutlich gemacht. Ich schätze Direktheit. Sie ist erfrischend. Bleiben Sie skeptisch, meine liebe Miss Day, aber ich verspreche Ihnen, dass Sie Ihre Meinung recht bald ändern werden.«

Mr Stoker nickte und ließ wieder sein grollendes Lachen hören.

»Für den Augenblick genügt es zu wissen, dass ich mich odischer Schwingungen bediene, um Kontakt zu anderen Ebenen des Daseins herzustellen und überweltliche Kommunikation zu ermöglichen. Das odische Netzwerk reagiert empfindlich auf negative Schwingungen, daher ist es für mich von essenzieller Wichtigkeit, mich nicht mit Personen zu umgeben, die eine ungünstige Aura haben. Sie stören meinen Energiefluss und würden die Kommunikation erschweren oder gar unmöglich machen.«

»Und ich habe keine solche negative Aura«, schloss Valentina.

»Nein. Im Gegenteil, meine Liebe. Ihre Aura vibriert förmlich mit odischer Energie. Das konnte ich gleich bei unserer ersten Begegnung spüren.«

»Aha«, machte Valentina wieder.

»Wenn Sie möchten, könnten Sie gleich am Freitag anfangen«, sagte Mrs Lyness. »Ich zahle Ihnen monatlich zwölf Guineas sowie Kost und Logis. Was sagen Sie?«

Valentina hatte nicht die geringste Ahnung, ob das viel oder wenig war. Über Geld sprach im Allgemeinen nur, wer es nicht hatte, und sie hatte sich noch nie damit auseinandersetzen müssen, wie viel man benötigte, um seinen Lebensunterhalt zu bestreiten.

»Ich nehme die Stelle gern an, Mrs Lyness.«

»Wundervoll. Das Vertragliche können wir dann am Freitag regeln. Ich erwarte Sie am späten Vormittag. Dann haben Sie Zeit, sich einzurichten.« Sie erhob sich, und Valentina folgte ihrem Beispiel. »Ach, eine Sache noch.«

»Ja?«

Mrs Lyness öffnete die Schreibtischschublade und zog ein Notizbuch heraus. »Hier finden Sie meine Notizen zu der von Thomas Braidwood entwickelten Zeichensprache für Taubstumme. Sie könnten Ihnen vermutlich ganz nützlich sein. Unser lieber Stoker kann Sie zwar verstehen, aber sich leider nicht in der für Sie gewohnten Weise mitteilen. Es wäre also hilfreich, wenn Sie sich über kurz oder lang mit den Gebärden vertraut machen.«

»Ich werde mir Mühe geben«, sagte Valentina an Mr Stoker gewandt. »Ich hoffe, Sie haben etwas Geduld mit mir.«

»Mr Stoker ist die Geduld in Person, meine Liebe«, sagte Mrs Lyness und lachte laut. »Was man von mir nicht gerade behaupten kann. Das werden Ihnen meine Angestellten hinter meinem Rücken gewiss gern bestätigen.«

Mr Stoker lächelte und bewegte kurz die Hände in der Luft.

»Ich brauche gar nicht hinzusehen, um zu wissen, dass Sie soeben gesagt haben, dass Sie es mir auch ins Gesicht sagen würden, nicht wahr, Stoker?«

Er lachte abermals und machte eine resignierte Geste in Valentinas Richtung. Sie lächelte zurück. Wer hätte gedacht, dass der statuenhafte Hüne Humor besaß?

Fünf

»BIST DU AUFGEREGT?« Valentina stand am Fenster und sah hinaus. Sie mochte sich nicht umdrehen, weil sie den Anblick des kahlen Raumes scheute.

»Nur im besten Sinne«, entgegnete Valerian. »Hauptsächlich freue ich mich auf das gemeinsame Leben mit Evie.«

»Und Mama und Izzy? Haben sie sich inzwischen mit dem Gedanken angefreundet, nach Buckinghamshire zu ziehen?«

Valerian trat zu ihr ans Fenster. Mit nachdenklicher Miene strich er über den Samtstoff der Vorhänge.

»Ich denke, es fällt uns allen schwer, unser altes Leben hinter uns zu lassen. Aber im Großen und Ganzen können wir dankbar sein. Mama hat einen guten Preis für das Stadthaus bekommen. Damit sollte für Izzy gesorgt sein, wenn die Zeit für ihr Debüt kommt.«

»Und bis dahin ist hoffentlich Gras über die Angelegenheit gewachsen.« Valentina wandte sich ihrem Bruder zu und seufzte. »Die Häme war schwer zu ertragen. Ich habe es gemieden, die Gesellschaftsspalten zu lesen.«

»Es wird alles gut werden, Schwesterherz. Du wirst schon sehen.« Er deutete auf das zierliche Rosenholzsofa, eines der wenigen verbliebenen

Möbelstücke. »Komm, setzen wir uns, solange wir noch können.«

»Es bricht mir das Herz, das Haus so nackt zu sehen«, sagte Valentina. »Ich kann mich nicht an den Gedanken gewöhnen, dass bald Fremde darin wohnen werden. Aber zunächst freue ich mich auf eure Hochzeit und das Hochzeitsfrühstück.«

»Und ich freue mich auf die Hochzeitsnacht«, sagte Valerian und zwinkerte frech.

»Valerian!« Valentina lachte und schlug ihm auf den Arm. »Du bist unmöglich! Über derlei Dinge möchte ich nichts hören, schon gar nicht von meinem Bruder. Gut, dass deine Braut dich nicht so reden hört. Ich mag Evelyn. Ich bin sicher, sie wird dich sehr glücklich machen. Und Lord und Lady Farringdon waren nicht im Geringsten schockiert, als sie von Papa und Miss Ray hörten?«

»Sie haben es sich zumindest nicht anmerken lassen«, entgegnete Valerian.

»Das freut mich.« Valentina lächelte. »Ich werde euch schrecklich vermissen, wenn ihr nach Buckinghamshire zieht. Du musst versprechen zu schreiben.«

»Versprochen. Auch wenn du weißt, wie sehr es mir widerstrebt. Und? Wie ist es dir ergangen? Ich bin inzwischen fest überzeugt, dass du mir etwas verschweigst. Im Haus eines international bekannten Mediums kann es doch nicht wirklich so langweilig zugehen.«

Valentina lachte. »Ehrlich, Valerian. Es gibt bisher nichts Spektakuläres zu berichten. Die Leute würden sich wundern, wie vollkommen gewöhnlich es bei Madame Persephone zugeht.«

»Gibt es nicht einmal einen anständigen Spuk? Ein bisschen Kettenrasseln? Oder einen wiederkehrenden Blutfleck auf dem Kaminvorleger?«

Valentina schüttelte lachend den Kopf.

»Nicht einmal einen einzigen Poltergeist?«

»Nichts«, entgegnete Valentina. »Abgesehen natürlich von den Manifestationen, die sich während der spiritistischen Sitzungen zeigen. Die sind schon recht beeindruckend, das muss ich sagen. Und ich bin mir immer noch nicht sicher, wie sie es anstellt.«

»Mir machst du nichts vor, Schwesterherz. Du bist doch inzwischen in all die Geheimnisse und Tricks eingeweiht. Schließlich hilfst du ihr doch, die Séancen vorzubereiten, nicht?«

»Nein, wirklich, Valerian. Es ist mir ein Rätsel, wie sie das Klopfen erzeugt, Gegenstände schweben lässt oder woher sie Dinge weiß, die nur die Fragenden und die Verstorbenen wissen können. Wenn sie irgendeine Vorrichtung benutzt, um das Klopfen zu erzeugen, dann muss Stoker sie anbringen. Ich habe nie etwas Derartiges gesehen. Ich führe lediglich Protokoll über die Sitzungen, mache Termine und kümmere mich um die Reisevorkehrungen. Bisher hatten wir aber erst zwei Sitzungen außerhalb Londons. Ansonsten lerne ich fleißig Zeichensprache, um mich mit Mr Stoker unterhalten zu können, übe das Stenografieren, und Mrs Lyness unterweist mich in spiritistischer Lehre.«

»Spiritistische Lehre? Was muss ich mir denn darunter vorstellen?« Valerian lachte.

»Na ja, all so ein Mumpitz über odische Energie, das odische Netzwerk, andere Dimensionen und außerweltliche Wesenheiten. Es scheinen sich eine Reihe durchaus gebildeter Leute mit derlei Dingen befasst zu haben, ich allerdings halte das Ganze für ausgemachten Unsinn.« Das war nicht die ganze Wahrheit, denn Valentina hatte inzwischen Gefallen an ihren abendlichen Gesprächen mit Madame Persephone gefunden. Ihre neue Arbeitgeberin vermochte es, sie mit Anekdoten von ihren Reisen zu fesseln, und hatte ihr eine ganz neue Welt eröffnet, die sie allen Zweifeln zum Trotz faszinierte. Valerian hätte es vermutlich nicht verstanden. Schon allein, weil die Grenzen seiner Welt weit weniger eng gesteckt waren als die ihren. Zunächst hatte sie alles, was ihr zugestoßen war, für ein großes Unglück gehalten. Doch allmählich wandelte sich dieses Gefühl. Die Gespräche mit Madame Persephone hatten sie verstört. Sie hatten in ihr eine Ahnung geweckt, wie viel hinter dem Horizont noch auf sie wartete. Nie zuvor hatte sie die Kreise, in denen sich ihr Leben bewegt hatte, als beengend empfunden, bis sie gezwungen gewesen war, sie zu verlassen. Nie war ihr so bewusst gewesen, dass alles, was sie bisher in ihrem Leben gelernt hatte, letztlich einem großen Ziel unterworfen gewesen war. Französische Konversation, Klavierspiel, Literatur, Zeichnen, Handarbeit. Alles waren Fertigkeiten, die man von einer guten Ehefrau erwartete. War es tatsächlich immer auch ihr erklärtes Lebensziel gewesen, möglichst vorteilhaft zu heiraten? Insgeheim hatte sie begonnen, Mrs Lyness zu bewundern. Sie war ihr eigener Herr und bestritt allein ihren Unterhalt, auch Personal konnte sie sich leisten. Neben Mr Stoker und Valentina arbeiteten in dem Haus am Portland Place noch zwei Dienstmädchen, ein Butler und eine Köchin, die zugleich die Rolle einer Haushälterin innehatte. Eigene Pferde oder eine Kutsche leistete sich Madame Persephone nicht, aber man konnte sie durchaus als wohlhabend bezeichnen. Außerdem war sie bereits in ganz Europa herumgekommen und ging bei vielen hoch angesehenen Leuten ein und aus. Sie musste nicht danach fragen, was schicklich gewesen wäre, und konnte sich eine gewisse Exzentrik erlauben. Valentina war, als hätte sich für sie eine Schatzkiste geöffnet, die ihr vorher verwehrt gewesen war. Es war befreiend und aufregend und gab ihr ein Gefühl von Kontrolle und Macht, das sie so nie empfunden hatte.

Doch sie war sicher, dass Valerian all das nicht verstanden hätte.

»Valentina! Träumst du?« Offenbar hatte Valerian sie etwas gefragt.

»Wie bitte? Was? Entschuldige. Ich war in Gedanken.«

»Ich habe gefragt, ob du am kommenden Samstagmorgen Pläne hast und ob Madame Persephone dir wohl gestatten würde, mit deinem Bruder und deiner zukünftigen Schwägerin eine kleine Ausfahrt zu unternehmen, bevor wir nach Buckinghamshire aufbrechen.«

»Eine Ausfahrt? Wohin soll es denn gehen?«

»Das, meine herzallerliebste Schwester, ist ein Geheimnis. Also, kannst du mitkommen oder nicht?«

»Ich denke schon. Ich werde Mrs Lyness gleich heute Abend fragen und dir dann Nachricht schicken.« Valentina hätte zu gern gewusst, was Valerian vorhatte, aber sie kannte ihren Bruder zu gut und wusste, er würde selbst unter Androhung der Folter nichts preisgeben.

»Hervorragend«, sagte Valerian. »Evie und ich würden dich dann so gegen halb vier abholen.«

Valentina runzelte die Stirn. »Halb vier? Sagtest du nicht etwas von Samstagmorgen?«

»Richtig. Samstagmorgen um halb vier. Ich freue mich schon.«

Als sie am frühen Abend in das Haus am Portland Place zurückkehrte, war es dort ungewöhnlich still. Üblicherweise hatte Madame Persephone um diese

Zeit am Sonntag Besuch von Freunden aus ihren spiritistischen Zirkeln, mit denen sie oben im Salon lebhafte Diskussionen führte. Doch heute war von dort nichts zu hören. Valentina wandte sich an Foskett, den Butler.

»Ist Mrs Lyness ausgegangen?«

»Nein, Miss Day. Sie fühlte sich nicht wohl und hat sich auf ihr Zimmer zurückgezogen.«

»Oh, die Ärmste. Hoffentlich ist es nichts Ernstes. Eigentlich wollte ich sie noch etwas fragen. Denken Sie, ich dürfte sie kurz stören?«

Fosketts Miene war unbewegt wie immer. »Wenn Sie es für unbedingt notwendig halten, Miss.«

Valentina beschloss, zu überhören, dass Fosketts Antwort die diplomatische Version eines Neins war, stieg die Stufen hinauf und klopfte an die Tür von Madame Persephones privaten Wohnräumen.

Sie war noch nie in Madame Persephones Boudoir gewesen. Auf den ersten Blick erschien das Zimmer recht gewöhnlich. Mrs Lyness saß auf einem kleinen, samtbezogenen Sofa aus dunklem Holz. Das Gas war heruntergedreht. Stattdessen brannten einige Kerzen in zwei hohen Leuchtern, und das flackernde Licht brach sich in dem hübschen Spiegel über der Frisierkommode, dessen kunstvoll gedrechselter Rahmen einer Harfe glich. Eine florale Tapete zierte die Wände, und unterhalb der Decke verlief eine breite Bordüre mit einem Muster aus Lilienblüten und Schilfrohr.

Bei genauerer Betrachtung erkannte Valentina einige Dinge, die sie im privaten Zimmer einer Dame nicht unbedingt erwartet hätte, wie zum Beispiel eine große orientalische Wasserpfeife, die auf einem niedrigen Schemel in der Ecke stand. Auf einem Konsolentisch lag auf einem Stapel sehr alt aussehender, ledergebundener Bücher ein reich verzierter Dolch. Daneben entdeckte sie ein großes Räuchergefäß aus Bronze und ein mit Samt ausgekleidetes Kästchen, in dem ein mit verschiedenen Edelsteinen verziertes, goldenes Medaillon lag.

»Kommen Sie doch herein, Miss Day.« Madame Persephone machte eine Armbewegung in Richtung der Chaiselongue, doch dann hielt sie inne und schien Valentinas Blick zu folgen. »Oh, sehen Sie sich ruhig um in meinem Allerheiligsten, meine Liebe. Sie dürfen gern alles anfassen, nur nicht schüchtern.«

Valentina fühlte sich ertappt, war aber zu neugierig, das Angebot abzulehnen. Sie ging hinüber zu dem Konsolentisch und betrachtete die Bücher. Vorsichtig legte sie den Dolch beiseite und nahm einen der Bände in die Hand.

»Das ist ein Athame, ein Ritualdolch«, erläuterte Madame Persephone. »Für mich ist er aber eher ein wirkungsvolles Dekorationsobjekt. Er trägt zur Aura des Mystischen bei.« Sie lachte.

Valentina blätterte das Buch auf, offenbar eine illuminierte mittelalterliche Handschrift und gewiss wertvoll. Sie legte es sorgsam zurück auf den Stapel und den Dolch darauf. Dabei fiel ihr Blick auf einige Päckchen Spielkarten, und sie nahm eines davon auf. Die Karten zeigten Szenen aus der griechischen Mythologie, Sternbilder sowie diverse Zeichen und Symbole.

»Das sind die Wahrsagekarten der berühmten Mademoiselle Lenormand«, erklärte Madame Persephone. »Vielleicht erlauben Sie mir, für Sie darin zu lesen.«

Valentina lächelte und nickte. »Gern. Ich habe mir nur einmal auf einem Jahrmarkt bei uns in Sussex von einer alten Frau aus der Hand lesen lassen.«

»Hat sie etwas Interessantes gesehen?« Mrs Lyness legte den Kopf schief und sah Valentina prüfend an.

»Nein. Die Ärmste war etwas verwirrt, schien mir. Sie sagte, dass ich nie heiraten, aber früh Witwe werden würde oder so etwas. Ich erinnere mich nicht mehr genau. Meine Freundin hat mich ausgelacht, weil ich mir von der Alten einen ganzen Schilling habe abluchsen lassen. Mama hat furchtbar geschimpft.« Sie lachte.

»Kommen Sie, setzen Sie sich und geben Sie mir die Karten«, sagte Mrs Lyness. »Wir wollen sehen, ob Sie mit meiner Weissagung zufriedener sein werden.«

Mrs Lyness mischte und ließ Valentina drei Karten auswählen.

»Zwei Asse zeigen den Anfang einer neuen Entwicklung, ein Potenzial, das es zu entfalten gilt. Verrat und Verlust liegen hinter Ihnen, und Sie haben den Weg des Schicksals beschritten.« Sie runzelte die Stirn. »Hüten Sie sich davor, Ihr Wissen mit Menschen zu teilen, denen Sie nicht vollständig vertrauen. Wissen ist Macht, und die Mächtigen sind stets in Gefahr. Ich sehe die Begegnung mit dem Tod. Aber Sie müssen sich nicht fürchten, mein Kind. Es ist nicht Ihr eigener Tod, den ich in den Karten sehe.«

»Das klingt ja nicht gerade erfreulich. Sehen Sie keinen attraktiven Fremden oder so etwas?«

»Diese Karte hier zeigt Achilles, den Helden der griechischen Mythologie. Möglicherweise ist das Ihr schöner Fremder?«

»Ein Mann mit einer Schwachstelle?«

Madame Persephone hob die Augenbraue. »Sehen Sie es positiv, die meisten haben weit mehr als eine.«

Valentina lachte. »Da haben Sie auch wieder recht.«

»Diese Karte könnte bedeuten, dass Sie jemandem begegnen, der auf Ihre Hilfe angewiesen ist und der eine verletzliche Seite hat, die er Ihnen nicht ohne Weiteres offenbaren kann oder möchte. Allerdings bin ich nicht besonders bewandert in der Kartomantie. Und ich nehme an, deswegen sind Sie auch nicht hier. Was haben Sie auf dem Herzen?«

»Ich wollte Sie bitten, ob ich kommenden Samstag freinehmen könnte. Mein Bruder hat sich irgendeine Überraschung für mich und meine zukünftige Schwägerin ausgedacht. Sie werden bald nach Buckinghamshire ziehen.«

»Aber natürlich, meine Liebe. Familie ist wichtig. Nehmen Sie sich so viel Zeit, wie Sie möchten.« Mrs Lyness schob das Kartenpäckchen wieder zusammen und reichte es Valentina. »Seien Sie so gut und legen Sie es wieder zurück.«

»Vielen Dank, Mrs Lyness.« Als sie das Päckchen zurück neben die Bücher legte, fiel ihr Blick auf das Medaillon in dem Kästchen. Für einen Augenblick spürte sie wieder diese eigenartige Wärme, die ihr den Rücken hinauf und über die Kopfhaut kroch wie damals bei der Séance. Unwillkürlich streckte sie die Hand danach aus und strich mit dem Finger über das Metall, das sich überraschend warm anfühlte. Ein eigenartiges Schmuckstück. Ein goldener Anhänger mit einem roten Stein in der Mitte, in den wie bei einem Intaglio ein verschlungenes und filigranes Symbol eingeschnitten war. Um den roten Stein herum gab es schwarz glänzende, leicht schimmernde Steine, die an polierte Pechkohle erinnerten, und geschliffene, glasklare Kristalle.

»Gefällt es Ihnen?«, fragte Mrs Lyness.

»Ja«, entgegnete Valentina, ohne darüber nachgedacht zu haben. Sie nahm das Schmuckstück aus dem Kästchen und legte es sich in die Handfläche. Eigentlich war es nicht besonders hübsch, doch irgendetwas daran faszinierte sie.

»Es war ein Geschenk einer dankbaren Klientin«, sagte Madame Persephone. »Ich schenke es Ihnen. Sehen Sie es als kleinen Bonus. Sie werden nämlich eine längere Reise für uns organisieren müssen. Ich erhielt heute eine Einladung der Dowager Countess Oakfort. Lady Oakfort hat sich in spiritistischen Kreisen mit ihren Zirkeln einen Namen gemacht und gibt das ›Spiritualist Quarterly‹ heraus. Sie lädt uns zu einer Hausparty auf ihr Anwesen Blackwell Heath in Yorkshire ein. Sie hofft, dass ich ihr dabei helfen kann, mit ihrem kürzlich verstorbenen Gatten, den sie sehr vermisst, Kontakt aufzunehmen.«

»Eine Hausparty?«, fragte Valentina.

»O ja, Lady Oakfort möchte die Mitglieder ihres spiritistischen Zirkels und andere Gäste an diesem Ereignis teilhaben lassen. Es wird auch einen Ball geben. Dabei fällt mir ein: Sie verfügen über ein Ballkleid?«

Valentina schnaubte. »Etliche. Dieses Jahr sollte meine erste Saison werden. Doch dann ...«

»Ich verstehe«, entgegnete Mrs Lyness. »Von der Sache mit Ihrem Vater und dieser Schauspielerin habe ich durch Zufall erfahren. Ich sah einige bösartige satirische Drucke. Eine Schande, dass Sie und Ihre Familie derart durch den Schmutz gezogen wurden für etwas, auf das Sie keinerlei Einfluss hatten.«

Valentina lächelte. »Danke, Mrs Lyness. Ich weiß zu schätzen, dass Sie mich nicht dafür verurteilen.«

»Papperlapapp, danken Sie mir nicht.« Sie machte eine wegwerfende Geste. »Warum sollten Sie ausbaden müssen, was der Egoismus Ihres Vaters angerichtet hat? Das will mir nicht in den Sinn wie so vieles in unserer Gesellschaft. Nun, hier haben Sie Lady Oakforts Brief, darin finden Sie alle nötigen Informationen, sodass Sie sich um die Reisevorkehrungen und die Eisenbahnfahrkarten kümmern können.«

»Ich werde mich gleich Montag früh darum kümmern«, versprach Valentina. »Ich wünsche Ihnen noch einen schönen Abend, Mrs Lyness.«

Valentina schreckte hoch, als der Wecker klingelte, den Valerian ihr geschenkt hatte.

»Miss? Sind Sie wach? Es ist gleich halb vier.«

Valentina gähnte und schlug die Decke zurück. Sie hatte Nelly gebeten, ihr beim Ankleiden zu helfen, wenn sie ihre Runde machte, um die Feuer in den Wohnräumen anzuzünden. Dann schlich sie hinunter. Sie hatte Madame Persephone zwar in ihr Vorhaben eingeweiht, wollte es allerdings vermeiden, Lärm zu machen und jemanden zu wecken. Sie stutzte, als sie bemerkte, dass unter der Tür zur Bibliothek ein schwacher

Lichtschimmer hindurchdrang. Nanu? Waren sie und Nelly etwa nicht die Einzigen, die bereits zu dieser unchristlichen Zeit auf den Beinen waren? Gedämpfte Stimmen drangen durch die Tür. Neugierig blieb Valentina stehen und horchte. Sie runzelte die Stirn. Eine der Stimmen war eindeutig männlich, aber es war nicht der sonore Bariton von Foskett. Gerade wollte Valentina weitergehen, als sie glaubte, ihren Namen zu hören. Vorsichtig schlich sie näher zur Tür.

»... würde sie nur misstrauisch machen. Sie müssen sich gedulden, mein lieber Freund.« Das war Mrs Lyness.

»Und Sie sind wirklich überzeugt, dass sie ist, wonach wir gesucht haben?«

»Ich kann es nicht mit letzter Sicherheit sagen. Sie ist noch nicht bereit. Wenn die Zeit gekommen ist, werde ich ...«

Mehr konnte sie nicht verstehen, denn in diesem Augenblick hörte sie Nelly aus der Küche heraufkommen und musste sich von der Tür entfernen. Sie wollte nicht beim Lauschen überrascht werden.

Hufgetrappel und Rumpeln auf dem Pflaster kündigten an, dass eine Kutsche vorgefahren war. Rasch schlüpfte Valentina hinaus. Trotz des allgegenwärtigen Gestanks der Londoner Straßen trug die frische Morgenluft das blütenträchtige Versprechen des nahenden Sommers in sich. Die Kühle half, den letzten Rest der Bettschwere abzustreifen, was auch ihre Gedanken anregte. Was hatte sie da eben in der Bibliothek gehört? Hatten Mrs Lyness und der Mann – wer auch immer er sein mochte – wirklich über sie gesprochen? Wenn ja, wofür war sie ›noch nicht bereit‹? Und was würde Madame Persephone tun, ›wenn die Zeit gekommen‹ wäre?

Valentina schüttelte den Kopf und ging auf den Hackney Coach zu, der auf der Straße gehalten hatte. Vermutlich hatte sie sich nur verhört. Der Kutscher hatte den Schlag geöffnet und den Tritt heruntergeklappt, und kurz darauf erschien Valerians wuscheliger Haarschopf in der geöffneten Tür.

»Komm. Wir müssen uns beeilen.« Er streckte die Hand aus und half Valentina in die Kutsche, wo sie von einer reichlich müde dreinblickenden Evelyn begrüßt wurde.

»Guten Morgen, Miss Day. Können Sie mir verraten, wohin Ihr Bruder uns zu dieser nachtschlafenden Zeit entführen möchte?«

»Ich habe nicht die geringste Ahnung. Aber Sie müssen mich Valentina nennen. Schließlich werden wir bald Schwestern sein.«

Evie lächelte und streckte ihr die Hand hin. »Dann müssen Sie Evie zu mir sagen. Ich kann Ihnen überhaupt nicht sagen, wie sehr ich mich freue, in Ihnen eine neue Schwester hinzuzugewinnen.«

Es ruckte und der Hackney rumpelte los. Es ging südwärts über die Regent Street, vorbei am

Geologischen Museum über den Haymarket Richtung Westminster. Valentina und Evie fuhren zusammen, als plötzlich Schüsse ertönten.

»Ha! Es wird Salut geschossen«, rief Valerian und zählte mit. Fünfundzwanzig Schüsse wurden abgefeuert.

»Oh, ich weiß!« Evie klatschte in die Hände. »Heute ist der Geburtstag Ihrer Majestät.«

»Aber warum fünfundzwanzig Schüsse?«, fragte Valentina und lachte. »Man kann doch kaum annehmen, dass sie fünfundzwanzig wird. Das wäre doch arg geschmeichelt.«

»Nein, Dummerchen. Es ist das fünfundzwanzigste Jahr seit ihrer Thronbesteigung. Aber woher sollte ein junges Küken wie du das auch wissen.«

Valentina prustete. »Aber du alter, weiser Mann weißt so etwas natürlich schon.«

»Selbstverständlich.« Valerian lächelte verschmitzt. »Da kannst du sehen, welch einen klugen Mann du ehelichen wirst, Evie.«

»An deiner Klugheit konnte niemals Zweifel bestehen, mein Liebster, davon zeugt doch bereits die Wahl deiner Braut.« Evie lachte und knuffte Valentina sanft in die Seite. »Nicht wahr, liebste Schwägerin?«

»Touché, Evie. O Valerian, du wirst kein leichtes Leben haben. Deine zukünftige Gattin hat dich bereits jetzt fest im Griff.«

»Ich ergebe mich willig in deine zarten Hände«, entgegnete Valerian. »Aber nun gebt acht. Wir sind gleich da.«

»Willst du uns nicht langsam verraten, wohin wir fahren? Zum Parlament?«, fragte Valentina. »O nein, jetzt weiß ich es. Ich habe es vergangene Woche in der Zeitung gelesen. Die neue Westminster Bridge wird endlich für den allgemeinen Verkehr geöffnet.«

»Richtig. Leider wird es mit Rücksicht auf die Trauer Ihrer Majestät keine große Eröffnungsfeier geben. Dennoch wollte ich mir den Triumph nicht nehmen lassen, zu den Ersten zu gehören, die über die neue Brücke fahren.«

»Wie aufregend. Die Überraschung ist dir wirklich gelungen, Valerian«, rief Evelyn begeistert.

»Valentina und mir wird es eine besondere Genugtuung sein«, erklärte Valerian. »Unser Vater hat sich drei Jahre im Parlament mit diesem Bauprojekt herumgeärgert, bis Mr Page vor fünf Jahren endlich die Genehmigung erhielt, es an dieser Stelle fortzusetzen. Und nun wird er die Früchte seiner Mühen nicht einmal genießen können.«

»Richtig. In London wird er sich vorerst nicht mehr blicken lassen können. Ach, ich hoffe, dass ihm diese Miss Ray das Leben ordentlich zur Hölle macht«, schimpfte Valentina.

»Ja, das wäre ihm nach seinem Verrat wirklich zu gönnen«, stimmte Evelyn zu. »Aber seht nur, wir sind da!«

Die neue Brücke war imposant. Sieben Bögen überspannten die Themse, und die Brücke war so breit, dass sie ausreichend Platz für breite Gehsteige, eine Straße und Schienen bot. Sie überquerten die Brücke zunächst mit dem Hackney Coach und dann zu Fuß, um sich auf der anderen Seite von der Droschke wieder aufnehmen zu lassen.

»Das war eine ganz wunderbare Idee«, sagte Valentina, als sie neben Evelyn Platz genommen und ihre Röcke glatt gestrichen hatte. Draußen kroch die Morgendämmerung langsam in den Himmel und vertrieb den Nebel, der vom Fluss heraufzog. »Wer kann schon von sich sagen, dass seine Füße zu den ersten gehörten, die das Pflaster einer neuen Brücke berührt haben?«

»Es sieht hübsch aus mit den Terracottafliesen«, meinte Evelyn.

»In der Zeitung hieß es, sie sollen auch besonders haltbar sein«, erklärte Valentina. »Ich finde, Mr Page ist ein Meisterstück gelungen. Ich denke, dieser Morgen wird mir noch lange im Gedächtnis bleiben.« Sie seufzte. »Ich werde euch schrecklich vermissen, Valerian.«

Evelyn räusperte sich. »Sie können jederzeit zu uns kommen. Auch … dauerhaft. Das wissen Sie, nicht wahr?«

Valentina nickte. »Ich weiß Ihr Angebot zu schätzen, Evelyn. Es ist sehr großzügig, doch ich hätte stets das Gefühl, im Wege zu sein, und mir schrecklich unnütz vorkommen.«

»Aber wenn es Ihnen bei Madame Persephone nicht mehr gefällt oder Sie in irgendeiner Weise Hilfe benötigen ...«

»Vielen Dank, Evie. Darauf werde ich im Notfall gern zurückkommen.«

Sechs

Blackwell Heath, Freitag, 13. Juni 1862

VALENTINA LIEß SICH aus der Kutsche helfen. Sie fröstelte. Für Mitte Juni war es überaus kalt, und sie zog das Cape enger um ihre Schultern.

»Da sind wir«, verkündete Mrs Lyness, die trotz der langen, anstrengenden Reise bester Laune zu sein schien. »Blackwell Heath. Ein recht eindrucksvoller Bau, finden Sie nicht?«

Valentina konnte nicht widersprechen, jedoch fand sie, dass das Haus im jakobinischen Stil mit seinen spitzen Giebeln, eckigen Türmen und dem lang gestreckten Seitenflügel mit den gotischen Spitzbögen eher an eine Kirche oder Kathedrale erinnerte und etwas Unheimliches hatte. Über dem Säulenportal des Haupthauses prangte ein verwittertes steinernes Wappen mit zwei Greifen. Nur der hübsch angelegte vordere Garten, in dem Rittersporn, Pfingstrosen, Lavendel und Levkojen blühten, vermochte diesen Eindruck abzumildern und dem imposanten Gebäude etwas Freundlichkeit zu verleihen.

Eine schlanke Dame mit kerzengerader Haltung und einer blütenweißen Schürze kam ihnen entgegen.

»Herzlich willkommen auf Blackwell Heath, Madam. Miss, Sir.« Sie knickste eilig. »Ich bin Mrs Eddowes, die Hausdame hier, und werde Sie gleich auf Ihre Zimmer bringen. Um Ihr Gepäck wird sich umgehend jemand kümmern. Gewiss werden Sie erschöpft sein. Es ist doch eine sehr beschwerliche Reise von London hierher.«

»Oh, man hat es mit der Eisenbahn heute doch recht bequem, möchte ich meinen«, entgegnete Madame Persephone. »Von King's Cross bis York in sechs Stunden. Als junges Mädchen wäre mir das wie Magie erschienen. Unser Aufenthalt dort war nicht lang und auch recht angenehm, und nach Scarborough war es dann nur noch eine Stunde, wo uns ja freundlicherweise die Kutsche Ihrer Ladyschaft erwartete.«

Obwohl es ihre bisher längste Bahnreise gewesen war, fühlte Valentina sich ebenfalls nicht besonders erschöpft. Sie hatte es genossen, die Landschaft am Fenster vorbeiziehen zu sehen, und war kurz hinter Peterborough eingeschlafen. Auf Mr Stoker schien das Rattern und Rumpeln des Zuges auch eine einschläfernde Wirkung gehabt zu haben, denn er hatte bereits friedlich geschnarcht, kurz nachdem der Zug King's Cross verlassen hatte.

»Ich werde Ihnen zunächst Ihre Zimmer zeigen, dann können Sie sich vor dem Abendessen noch etwas frisch machen und ausruhen. Um fünf hole ich Sie ab. Ihre Ladyschaft erwartet Sie dann im Salon, um Sie zu begrüßen. Wenn Sie mögen, kann ich auch etwas früher bei Ihnen klopfen, dann könnten Sie sich ein wenig hinlegen.«

»Herzlichen Dank, Mrs Eddowes, das wäre sehr freundlich«, sagte Valentina, während sie der flinken Hausdame durch die Eingangshalle und die herrschaftliche Treppe hinauf ins obere Geschoss folgten. Die Gästezimmer lagen in dem lang gestreckten Seitenflügel, der von außen wie ein Kirchenschiff ausgesehen hatte.

Valentinas Zimmer war sehr großzügig bemessen. Vornan stand eine Frisierkommode aus poliertem, dunklem Holz, dahinter ein wuchtiges Himmelbett mit kunstvoll geschnitzten Bettpfosten und einem mit rotem Stoff bespannten Betthimmel.

»Ich habe Ihnen ein Feuer machen lassen.« Mrs Eddowes deutete auf den Kamin gegenüber dem Bett. »Wegen der dicken Mauern ist es hier auch im Sommer recht kühl.«

»Vielen Dank, das ist sehr aufmerksam«, sagte Valentina und sah sich um.

»Gefällt Ihnen unser Rosenzimmer? Wir nennen es so wegen der Tapeten.«

Valentina betrachtete die Blütenranken und exotischen Vögel an den Wänden. »Die hat sicher jemand aus der Familie gemalt, nicht wahr?« Sie deutete auf die hübschen Aquarelle in den zierlichen Rahmen.

»Ja, Miss Isabella, die Nichte Ihrer Ladyschaft, ist sehr begabt«, entgegnete Eddowes. »Wenn Sie weiter nichts benötigen, werde ich mich jetzt zurückziehen. Ich lasse Ihnen noch eine kleine Stärkung bringen.«

Valentina bedankte sich und trat ans Fenster. Kurz darauf klopfte es und ein Dienstmädchen brachte ein Tablett mit Erfrischungen, das es auf dem kleinen Tischchen vor dem Fenster abstellte.

»Ich bringe Ihnen gleich noch etwas warmes Wasser«, verkündete das Mädchen und verschwand. Valentina goss sich etwas Tee ein und nahm ein Stück Gebäck dazu. Mit Freude stellte sie fest, dass es auch eine kleine Schüssel mit frühen Erdbeeren gab, und sie steckte sich eine in den Mund.

Wieder erschien das Dienstmädchen. »Ich stelle das Wasser hier auf den Waschtisch, Miss. Benötigen Sie noch etwas?«

»Nein, vielen Dank. Ich komme jetzt allein zurecht.« Valentina lächelte. »Ich bewundere nur die herrliche Aussicht.«

»Ja, wir haben es recht hübsch hier, Miss, nicht wahr? Der Garten ist der ganze Stolz Ihrer Ladyschaft.«

Hinter der Mauer des eingefriedeten Hausgartens konnte sie das Wasser eines künstlich angelegten Sees in der tief stehenden Nachmittagssonne glitzern sehen. Eine von Säulen umgebene Rotunde duckte sich unter das Blätterdach der alten Bäume am Ufer. Im hinteren Teil stieg das bewaldete Gelände steil an.

»Wenn Sie dem Pfad den Hügel hinauf folgen, kommen Sie zur Steilküste. Aber da sollten Sie warten, bis das Wetter etwas freundlicher ist. Dort oben pustet es mächtig.« Das Mädchen lachte.

»Vielen Dank. Das werde ich mir merken.« Valentina aß und trank noch eine Kleinigkeit, wusch sich und zog das Reisekleid aus. Dann legte sie sich aufs Bett, um einen kurzen Moment die Augen zu schließen. Die Aufregung der Reise wich einer behaglichen Trägheit.

Tatsächlich musste sie fest geschlafen haben, als sie durch ein Klopfen geweckt wurde und Mrs Eddowes kurz darauf den Kopf durch die Tür steckte. »Sind Sie wach, Miss Day? Es ist Zeit, sich umzuziehen. Ich schicke Ihnen dann ein Dienstmädchen, das Ihnen hilft.«

Valentina gähnte und rieb sich die Augen. »Vielen Dank.«

Etwas später folgte sie, angemessen gekleidet und frisch frisiert, der Haushälterin und Mrs Lyness den dämmrigen Flur entlang.

Als sie in den Salon eintraten, erhob sich Lady Oakfort und kam mit ausgestreckten Armen auf sie zu. Sie ergriff beide Hände des Mediums und lächelte freundlich. »Madame Persephone! Wie schön, Sie wiederzusehen. Und das muss die reizende Miss Day sein, nehme ich an. Herzlich willkommen auf Blackwell Heath. Bitte, nehmen Sie doch Platz, die Damen.«

Sie deutete auf zwei hübsche Sessel im Louis-seize-Stil, die dem Sofa, auf dem Lady Oakfort gesessen hatte, gegenüberstanden. Der Salon war zurückhaltend und geschmackvoll eingerichtet und wirkte nicht pompös, sondern intim und gemütlich.

»Ich hoffe, Sie hatten eine angenehme Reise«, sagte Lady Oakfort. Sie war eine schöne Frau von etwa Mitte vierzig mit einem offenen, rundlichen Gesicht, dickem, nussbraunem Haar und braunen Augen. »Wir wohnen ja doch recht entlegen, und wie Sie sehen, müssen Sie hier auf einige der modernen Annehmlichkeiten verzichten, die Sie aus London gewöhnt sind. Sie müssen also mit Kerzenlicht und Öllampen vorliebnehmen. Dafür können Sie hier frische, saubere Luft genießen.« Sie lachte. »Ich bin froh, dass Augustus nach dem großen Gestank von achtundfünfzig beschlossen hat, London bis auf Weiteres den Rücken zu kehren. Ach, er war ein kluger Mann, mein Augustus. Es vergeht kein Tag, an dem er mir nicht schrecklich fehlt. Aber deswegen sind Sie ja hier.«

»Ich hoffe, dass ich Ihre Erwartungen nicht enttäusche und Kontakt zu Ihrem seligen Gatten aufnehmen kann«, sagte Mrs Lyness.

»Richtig, und wenn es Ihnen gelingt, möchte ich, dass alle meine lieben Freunde an diesem Ereignis teilhaben können. Heute Abend begrüßen wir noch einige andere Gäste, die im weiteren Umkreis wohnen, allesamt Mitglieder meines spiritistischen Zirkels. Die übrigen Gäste werden morgen im Laufe des Tages ankommen. Sie hatten allerdings die längste Anreise, und ich freue mich so, dass Sie bereit waren, den Weg auf sich zu nehmen. Ich habe mir geschworen, dass ich erst wieder nach London zurückkehre, wenn dieses überaus unangenehme Problem mit dem Abwasser beseitigt ist. Ich verfolge mit Gespanntheit den Fortgang von Mr Bazalgettes Bauvorhaben. Wie in der Zeitung zu lesen war, macht er Fortschritte.«

Mrs Lyness lachte. »Ich fürchte, Sie werden noch eine Weile hier ausharren müssen, Mylady. Es heißt, dass es noch mindestens zwei Jahre dauern wird, bis das Kanalisationssystem fertiggestellt wird. So schlimm wie damals ist es aber gottlob seither nicht mehr gewesen.«

»Eddowes informierte mich, dass Ihr Assistent es vorzieht, auf dem Zimmer zu speisen. Ich hoffe doch, dass Sie wissen, dass er jederzeit an meiner Tafel willkommen ist«, sagte Lady Oakfort.

»O ja, vielen Dank. Mr Stoker ist es lieber, wenn er sich etwas zurückziehen kann, er ist nicht besonders gesellig. Bitte sehen Sie es ihm nach und legen Sie es nicht als Unhöflichkeit aus.«

»Aber nein, ganz und gar nicht. Ich …«

In diesem Augenblick klopfte es, und Eddowes brachte ein Tablett mit Tee herein. Hinter ihr folgte ein ausgesprochen hübsches junges Mädchen in einem taubenblauen Kleid.

»Isabella! Da bist du ja, Liebes. Darf ich dir unsere ersten Hausgäste vorstellen? Das sind Mrs Persephone Lyness, das weltberühmte Medium, und ihre Assistentin Miss Valentina Day.« Sie wandte sich an ihre Gäste. »Das ist meine Nichte, Miss Isabella Foy. Sie lebt hier bei uns auf Blackwell Heath, seit sie ein kleines Mädchen war, und ist wie eine Tochter für mich. Sie müssten etwa im selben Alter sein, Miss Day. Isabella ist siebzehn. Sie werden sich bestimmt prächtig verstehen. Isabella wird Ihnen gewiss gern ihr Leid klagen, wie schrecklich altmodisch und überaus herzlos ihre Tante ist, weil sie findet, dass ihr Debüt in London noch getrost ein oder zwei Jahre warten kann, nicht wahr, Bella?«

»Tante Nora!«, rief das Mädchen und warf ihr einen zornigen Blick zu, der allerdings von einem leichten Lächeln begleitet wurde. »Ich bin sicher, dass Miss Day das nicht hören möchte.« Sie zog einen weiteren Sessel heran und setzte sich. »Bitte verzeihen Sie. Meine Tante liebt es, mich aufzuziehen, nur weil es mir hier in der Provinz bisweilen zu fad wird und ich mich nach Amüsement, Unterhaltung und Kultur sehne. Der Ball am Sonntag ist ihr Kompromiss. Noch keine richtige Saison, aber immerhin eine Einführung in die Gesellschaft.«

Valentina lächelte. Sie war angenehm überrascht, denn sie fühlte sich auf Anhieb wohl auf Blackwell Heath. Lady Oakfort und Isabella wirkten natürlich und unverstellt und es war trotz der Stichelei spürbar, wie zugetan sie einander waren.

»Ich finde, das klingt nach einem fairen Handel«,

entgegnete Valentina. »London läuft Ihnen nicht davon, Miss Foy.« Obwohl sie sich längst nicht mehr sicher war, ob es tatsächlich das Ziel ihrer Träume war, einen passenden Ehemann zu finden, versetzte der Gedanke an ihre verhinderte erste Saison ihr einen Stich. Es war mehr die schmerzhafte Erinnerung an eine unbeschwerte Zeit, in der alles sicher und selbstverständlich erschienen war und sie sich keine Sorgen um ihre Zukunft hatte machen müssen.

Nach einer Weile trafen auch die anderen Gäste ein, und nachdem sie noch ein wenig im Salon geplaudert hatten, begab man sich hinüber ins Speisezimmer.

Valentina fand, dass die Neuankömmlinge für Mitglieder eines spiritistischen Zirkels recht bieder und gewöhnlich wirkten. Allerdings wusste sie auch nicht, was sie erwartet hatte. Schließlich war Mrs Lyness im Privaten auch weit weniger exzentrisch, als ihr öffentliches Auftreten hätte vermuten lassen. Insgeheim war Valentina ein wenig enttäuscht.

Lady Sutton war in jeder Hinsicht ebenso glatt und glanzlos wie ihr braunes Haar, das sie zu einem strengen Knoten im Nacken zusammengefasst hatte. Weder fiel sie durch besonders geistreiche oder witzige Konversation auf noch durch irgendein herausstechendes Merkmal. Selbst ihr hochgeschlossenes Kleid aus erdfarbenem

Seidentaft war zwar durchaus von einer schlichten Eleganz, wirkte jedoch, als versuchte sie, mit dem Mobiliar zu verschmelzen. Colonel Ponsonby war genau so, wie Valentina sich einen Offizier mittleren Alters vorgestellt hätte: zackig und selbstbewusst mit einem recht lauten Organ und nicht um Anekdoten aus dem Militärdienst verlegen. Sein dunkelblondes Haar war ordentlich gescheitelt, und er trug einen vorwitzig gezwirbelten Schnauzbart und ein Spitzbärtchen, das Valentina an Dumas' Romanhelden d'Artagnan erinnerte.

So gewöhnlich die neuen Gäste auch erscheinen mochten, so ungewöhnlich waren die Gesprächsthemen beim Dinner, bei denen Valentina nur schwer mitreden konnte.

»Aber es ist doch vielmehr ein Problem der Übersetzung, wenn in Bibeltexten die Rede von Teufeln ist«, verkündete Colonel Ponsonby. »Es müsste eigentlich *Dämonen* heißen, was dem Wortsinn des griechischen *daímōn* entsprechend eher einen Geist oder eine höhere Schicksalsmacht bezeichnet.«

»Ganz richtig, mein lieber Colonel«, pflichtete Lady Oakfort ihm bei. »Wie ich in der aktuellen Ausgabe des *Spiritualist Quarterly* darlege, war es Plato, der von Dämonen als Vermittler zwischen den Sterblichen und dem Göttlichen schrieb. Sowohl Plato als auch Hesiod sprechen von ›guten Menschen‹, die nach dem Tode ›große Ehre und

Würde gewinnen und zu *Dämonen* würden‹.
Meines Erachtens belegt es, dass das Wort im
Altgriechischen das meint, was wir im Allgemeinen
als Geister bezeichnen würden.«

»Dann gibt es Ihrer Ansicht nach keine höheren
Wesen, die nicht im Ursprung menschlich sind?«,
fragte Madame Persephone.

»Ich möchte nicht ausschließen, dass es
übermenschliche oder übernatürliche
Wesenheiten gibt,« entgegnete Lady Oakfort. »Nur
erscheint mir, dass die Übersetzung
entsprechender Bibelstellen einen an sich
positiven oder neutralen Begriff in einen inhärent
negativen verwandelt hat, weswegen die Kirche
sich mit echter, tief empfundener Spiritualität im
Sinne einer Kommunikation mit dem Göttlichen
durch die geistige Zwischenebene auch schwertut.«

»Ich finde die Vorstellung tröstlich, dass eine
Zwischenwelt existiert, in der es hilfreiche Wesen
gibt, die zwischen uns Sterblichen und der
göttlichen Ebene vermitteln«, meinte Lady Sutton.

»Da bin ich ganz bei Ihnen, Mylady.«

»Wie denken Sie denn darüber, meine liebe Miss
Day?«, fragte der Colonel. »Ich hoffe, wir langweilen
Sie nicht mit unserem Philosophieren.«

Valentina lächelte. »Ich fürchte, ich kann nicht
wirklich mitreden. Ich habe mich noch nicht näher
mit diesen Dingen auseinandergesetzt.«

»Sie sind jederzeit eingeladen, sich in meiner
Bibliothek zu bedienen, wenn es Sie interessiert«,

bot Lady Oakfort an. »Allerdings vermute ich, es zieht Sie eher zur Lektüre von Romanen. Auch da werden Sie fündig werden. Isabella hat alle Romane von Wilkie Collins verschlungen. Oder vielleicht mögen Sie Mary Braddon?«

»Vielen Dank, Mylady. Ich werde bestimmt darauf zurückkommen, ich habe nämlich vollkommen vergessen, mir Lektüre einzupacken.«

»Ich zeige Ihnen gleich nach dem Dinner, wo Sie die Bibliothek finden«, sagte Isabella. »Wir kommen auf dem Weg in den Salon ohnehin daran vorbei.«

»Vielen Dank, das wäre sehr freundlich.« Sie war froh, in Isabella gleichaltrige Gesellschaft zu haben. Miss Isabella schien es ähnlich zu gehen. Vor allem aber betrachtete sie Valentina offenbar als willkommenen Informationsquell, denn sie stellte eine Menge Fragen über das Leben in London und seine Annehmlichkeiten.

Sieben

VALENTINA WAR SEHR müde, fand allerdings dennoch nicht in den Schlaf, was vermutlich der fremden Umgebung und der Vielzahl neuer Eindrücke geschuldet war. Sie lag im Bett und lauschte auf die ungewohnten Geräusche im Haus. Jedes Gebäude, insbesondere ein altes Gemäuer wie Blackwell Heath, hatte seine ganz eigene Symphonie nächtlicher Geräusche, von Kratzen, Schaben, Knarren, Jaulen, verursacht von arbeitendem Holz, umherhuschendem Getier, vom Wind oder von nächtlicher Aktivität des Dienstpersonals. Es war nichts, was einen beunruhigen musste, und doch musste man sich erst an die individuelle Nocturne eines Gebäudes gewöhnen, bevor man sie nicht mehr bewusst wahrnahm. Ein Streifen hellen Mondlichts fiel zwischen den Vorhängen hindurch auf den Boden, sodass sie im Zwielicht die Umrisse der Möbel gut erkennen konnte. Sie stand auf und tastete sich zum Fenster vor, um die Vorhänge ganz zu öffnen. Der Mond stand fahl und rund am Himmel und hatte Ähnlichkeit mit einem Laib Käse. Es war beinahe Vollmond. Möglicherweise war es auch das, was sie wach hielt. Jedenfalls war es müßig, an die Decke zu starren und auf den Schlaf zu warten. Vielleicht würde eine gute Lektüre ihr die nötige Bettschwere verleihen. Sie nahm den

Morgenrock vom Haken und zündete die Lampe an. Darum bemüht, wenig Lärm zu machen, schlich sie über den Flur in Richtung Treppe.

Plötzlich wurde neben ihr eine Tür aufgerissen. Dürre Finger krallten sich wie die Ranken einer Kletterpflanze in ihren Arm. Im flackernden Schein der Lampe erkannte sie weit aufgerissene Augen in einem blassen Gesicht und wirres, graues Haar. Ein Schrei entfuhr ihr, und das Herz pochte ihr bis zum Hals. Dann erkannte sie, dass es eine alte Frau war, die sie gepackt hatte.

Die Alte zog sie nah zu sich heran. »Der Teufel! Der Teufel geht hier um. Er holt sich die hübschen Mädchen. Holt sie sich. Gib acht, Mädchen, hast auch so ein reizendes Gesicht.«

Valentina spürte Gänsehaut auf den Armen. Sanft versuchte sie, die knotigen Finger von ihrem Arm zu lösen. Noch immer jagte ihr Herz.

»Mrs Bucknell!« Ein Dienstmädchen erschien in der geöffneten Tür und seufzte tief. Es näherte sich der alten Dame, legte ihr sanft einen Arm um die gebeugten Schultern und redete beruhigend auf sie ein. »Es ist alles gut, Mrs Bucknell. Gehen Sie wieder auf Ihr Zimmer. Mrs Hesketh wird sich gleich um Sie kümmern. Das ist Miss Day, einer unserer Hausgäste. Wir wollen ihr doch keine Angst einjagen, nicht wahr, Madam?«

»Nein. Nein, das wollen wir nicht«, murmelte die Alte. »Verzeihung. Das wollen wir nicht. Kann ich jetzt meinen Pudding haben?«

»Aber Mrs Bucknell, es ist Nacht. Sie sollten jetzt schlafen. Morgen wird es gewiss Pudding geben.«

Das Mädchen seufzte abermals und wandte sich an Valentina. »Verzeihung, Ma'am. Ich habe ihr vorgelesen und war nicht schnell genug auf den Beinen. Ich hoffe, Sie sind nicht allzu sehr erschrocken.«

»Ich möchte meinen Pudding haben!«, rief die alte Frau.

»Pst! Sie werden noch das Haus aufwecken, Mrs Bucknell. Morgen gibt es wieder Pudding. Jetzt müssen Sie schlafen. Kommen Sie, ich bringe Sie ins Bett und lese Ihnen weiter vor.«

»Lesen. Ja. Richtig. Wir lesen.« Die Alte lächelte kurz, schüttelte den Kopf und ließ sich von dem Mädchen zurück ins Zimmer führen.

Valentina schüttelte den Kopf. Wer die alte Dame wohl sein mochte? Eine Verwandte von Lady Oakfort? Die Ärmste schien geistig verwirrt zu sein. Ein trauriges Schicksal. Immerhin schien man sich gut um sie zu kümmern.

Langsam beruhigten sich Valentinas Atem und Herzschlag wieder, und sie setzte ihren Weg fort.

Leise öffnete sie die Tür zur Bibliothek und schlüpfte hinein. Im Raum war es dunkel und still, und der Geruch von Leder, Staub und brüchigem Papier lag in der Luft. Im Kamin glommen noch schwach die allerletzten Reste des Feuers. Valentina öffnete die schweren Vorhänge, um das Mondlicht hereinzulassen. Als sie sich umwandte, hätte sie beinahe ihre Lampe fallen gelassen. Sie musste sich auf die Lippe beißen, um einen Schrei zu unterdrücken.

Im Sessel vor dem Kamin saß eine Gestalt. Hatte die eben auch schon dort gesessen?

Ein leises Hüsteln erklang. »Bitte verzeihen Sie. Ich wollte Sie nicht erschrecken. Ich ahnte nicht, dass um diese Zeit noch jemand die Bibliothek aufsuchen würde.«

Die Stimme war männlich, tief, und sie klang eigenartig vertraut. Es flackerte auf, als der Mann im Sessel eine Kerze entzündete. Ein Gesicht schälte sich aus der Dunkelheit, Schatten tanzten im flackernden Kerzenlicht darauf. Valentina erkannte dunkle Augen mit langen, dichten Wimpern, gerade Augenbrauen, eine schmale, aristokratisch wirkende Nase, schön geschwungene Lippen und ein Grübchen im Kinn. Ein Mundwinkel zuckte kurz zu einem kleinen Lächeln.

Valentina räusperte sich. Der Mann war ihr vollkommen fremd, und es schickte sich nicht, sich nachts mit einem Fremden in der Bibliothek zu unterhalten. So etwas konnte den Ruf einer Frau nachhaltig beschädigen.

»Verzeihen Sie, ich wusste nicht, dass jemand hier ist. Ich sollte gehen.« Valentina wandte sich um und ging zur Tür.

»Nun warten Sie, laufen Sie doch nicht gleich fort«, sagte der Fremde. »Sie sind doch bestimmt nicht nur hergekommen, um die Vorhänge zu öffnen. So schön der Mond auch heute Nacht sein mag. Ich möchte meinen, Sie wollten sich etwas zu lesen holen. Und ich denke, dagegen sollte nichts einzuwenden sein. Tun Sie einfach so, als sei ich gar nicht hier.«

»Das geht nicht, Sir. Ich kann doch nicht einfach … Wir sind uns ja noch nicht einmal vorgestellt worden.«

Der Mann erhob sich aus dem Sessel. Er war größer, als Valentina geahnt hatte, und wirkte athletisch und kräftig. Ihr Herz pochte schneller, und sie war sich nicht sicher, ob dies lediglich der Tatsache geschuldet war, dass sie allein nachts einem körperlich überlegenen Unbekannten gegenüberstand.

Der Mann verneigte sich. »Verzeihung. Erlauben Sie, dass ich mich vorstelle. Lycidas Green, 13. Earl L'Isle. Und darf ich erfahren, wer Sie sind?«

»Miss Valentina Day, ich bin die persönliche Assistentin von Madame Persephone, dem Medium aus London. Aber nun entschuldigen Sie mich, ich sollte wirklich gehen.«

»Aber jetzt sind wir einander doch vorgestellt, oder nicht?«

»Sie wissen genau, dass das so nicht gemeint ist. Überhaupt habe ich Sie hier noch nie gesehen. Sind Sie auch ein Hausgast?«

»Sagen wir, ich gehöre zum Inventar.« Im Licht der Kerze konnte sie erkennen, dass sich ein verschmitztes Lächeln auf sein Gesicht gestohlen hatte. »Kommen Sie, ich suche Ihnen etwas zu lesen heraus. Was interessiert Sie? Vielleicht etwas Spannendes? Vielleicht *Die Frau in Weiß*? Aber nein, Sie scheinen mir eher schreckhafter Natur zu sein. Vielleicht lieber etwas anderes. Flaubert? Oder etwas Romantisches?«

»Ich bin keineswegs schreckhaft«, protestierte Valentina. »Jedoch habe ich nicht damit gerechnet, jemanden hier anzutreffen – im Dunkeln. Warum haben Sie sich kein Licht gemacht? Finden Sie es nicht etwas befremdlich, in der stockfinsteren Bibliothek zu sitzen?«

»Nicht im Entferntesten«, entgegnete Lord L'Isle. »Es hat auf mich eine immens beruhigende Wirkung, von nichts als Stille und dem Wissen und den Worten von Generationen umgeben zu sein. Und in der Luft liegt dieser ganz besondere Geruch, den Sie nirgends sonst finden. Für mich hat eine Bibliothek beinahe etwas Sakrales, und ich genieße es, in stiller Ehrfurcht und innerer Einkehr einfach nur dazusitzen und der Stille zu lauschen. Sie sollten es auch einmal probieren.«

»Vielen Dank, aber ich bevorzuge es bei Tage oder bei Licht«, entgegnete Valentina. Sie ging zu einem der Regale und leuchtete die Buchrücken ab. Lord L'Isle kam zu ihr und leuchtete ebenfalls. Valentina zog ein Buch heraus. »*Die Herrin von Wildfell Hall* von Acton Bell. Ich habe kürzlich eine recht positive Besprechung dieses Romans gelesen. Ich denke, ich werde ihn mitnehmen.«

»Interessiert das Buch Sie wirklich oder können Sie es nur nicht abwarten, mir zu entkommen?«, fragte Lord L'Isle und sah sie von der Seite an. Ein schalkhaftes Glitzern lag in seinem Blick. Möglicherweise war es in Wahrheit auch dem Flackern der Kerze geschuldet.

Valentina konnte sich ein Lächeln nicht verkneifen. »Beides, Mylord. Und nun sage ich gute Nacht.«

»Gute Nacht, Miss Day.«

Acht

Blackwell Heath, am Morgen des 14. Juni 1862

ALS VALENTINA AM Morgen den Wintergarten betrat, waren dort bereits Lady Oakfort, Colonel Ponsonby und Madame Persephone um den Frühstückstisch versammelt. Die Sonne schickte ihre Strahlen durch die großen Sprossenfenster und tauchte den gesamten Raum in freundliches Licht. Es duftete nach geröstetem Brot, Kaffee und allerlei anderen guten Sachen, die auf dem Sideboard aufgereiht standen.

»Ach, da ist ja auch unsere Miss Day! Haben Sie gut geschlafen?«, rief Lady Oakfort gut gelaunt.

»Ja, vielen Dank. Wegen der ungewohnten Umgebung hatte ich zunächst ein wenig Schwierigkeiten, einzuschlafen, aber dann habe ich geschlafen wie ein Stein.« Sie lächelte.

»Wundervoll. Nehmen Sie doch Platz, meine Liebe«, sagte Lady Oakfort. »Sie können sich setzen, wo es Ihnen beliebt. Wir bestehen hier nicht so auf Etikette und Formalitäten. Noch ein Vorteil des zurückgezogenen Lebens auf dem Lande.«

Ein Diener trat hinzu. »Was darf ich Ihnen bringen, Miss? Wir haben Porridge, kalten Braten, Fisch, Eier, geröstetes Brot, Marmelade und Brötchen.«

Valentina wählte Eier, Toast und etwas kalten Braten und ließ sich Kaffee einschenken. Sie hatte gerade den ersten Schluck genommen, als auch Mr Stoker und Lady Sutton sich zu ihnen gesellten.

»Wo nur Isabella bleibt?«, fragte Lady Oakfort. »Sie wird doch nicht verschlafen haben? Nun ja, sie wird schon kommen, wenn der Hunger allzu groß wird.«

»Ach, lassen Sie sie schlafen«, warf Madame Persephone ein. »Eine alte schottische Weisheit besagt: *Die früh aufstehen und kein Geschäft haben, haben entweder eine schlechte Frau, ein schlechtes Bett oder ein schlechtes Gewissen.*«

Lady Oakfort lachte. »Köstlich, meine Liebe! Das muss ich mir merken.«

In diesem Augenblick trat ein Dienstmädchen ein und knickste. »Miss Foy lässt sich entschuldigen, Mylady. Sie sagte, sie fühle sich nicht recht wohl und müsse sich offenbar den Magen verdorben haben.«

»O nein, was für ein Malheur! Die Ärmste. Bitte sehen Sie doch in meiner Hausapotheke nach, nehmen Sie die goldene Dose mit den Kräutern und bereiten Sie ihr einen Tee daraus. Und dann bringen Sie ihr noch etwas trockenes Weißbrot.«

»Sehr wohl, Mylady.«

»Sie wird sicher bald wieder auf den Beinen sein. Meine spezielle Kräutermischung wirkt stets Wunder: Ysop, Fenchel, Minze und Himbeerblätter. Wichtig ist, dass man die Kräuter bei Neumond sammelt. Wir wollen schließlich nicht, dass Isabella das große Ereignis heute Abend verpasst, nicht wahr?«

»Ich bin ja so aufgeregt!«, rief Lady Sutton. »An einer Ihrer berühmten Séancen teilhaben zu dürfen, Madame Persephone. Unsere Leserschaft wird uns beneiden, nicht wahr, Lady Oakfort?«

»In der Tat. Ich kann es kaum erwarten. All meine Versuche, mit meinem geliebten Augustus in Kontakt zu treten, sind bisher gescheitert, aber ich bin sicher, dass Sie dieses Wunder möglich machen werden. Es wäre mir ein solcher Trost.«

Sie wandte sich an Valentina. »Sie müssen wissen, er verstarb ganz plötzlich, während ich mich übers Wochenende bei Freunden aufhielt, und seither schmerzt es mich, dass ich mich nicht verabschieden konnte.«

»Das kann ich verstehen, Mylady«, entgegnete Valentina. »Ich wünsche Ihnen, dass Sie es heute Abend werden nachholen können.« Sie war zwar noch immer im Widerstreit mit sich selbst, ob sie an die von Madame Persephone demonstrierten Phänomene und Fähigkeiten glauben oder sie für Scharlatanerie halten wollte. Allerdings wollte sie auch niemandem die Hoffnung nehmen, und es war offensichtlich, wie viel es Lady Oakfort bedeutete.

»Übrigens muss ich mich bei Ihnen entschuldigen, Miss Day«, sagte die Dowager Countess.

»Entschuldigen? Aber wofür?« Valentina ließ überrascht die Gabel sinken.

»Wie ich heute Morgen von einem der Dienstmädchen hörte, sind Sie gestern Nacht meiner Mutter begegnet. Mrs Bucknell. Es tut mir sehr leid, dass sie Ihnen einen Schrecken eingejagt hat. Vielleicht hätte ich Sie vorwarnen müssen. Wir haben eigens eine Schwester eingestellt, und Mrs Hesketh kümmert sich rührend um Mama, aber hin und wieder entkommt sie ihrem wachsamen Auge und irrt im Haus oder auf dem Gelände umher. Die Ärmste ist vollständig geistig verwirrt. Es ist in den vergangenen Jahren stetig schlechter geworden.«

»Wie tragisch«, entgegnete Valentina. »Das tut mir sehr leid.«

»Es zerreißt mir das Herz, sie so zu sehen, aber ich bin dankbar, sie gut versorgt zu wissen. Jedenfalls müssen Sie keine Angst haben, Miss Day. Sie ist niemals aggressiv, nur leider sehr, sehr verwirrt.«

»Natürlich. Ich bin gestern bloß erschrocken, weil sie so plötzlich auftauchte. Ich war auf dem Weg in die Bibliothek, um mir etwas zu lesen zu holen.« Plötzlich fiel ihr ein, dass es womöglich nicht klug gewesen war, das zu erwähnen. Wusste Lady Oakfort von den exzentrischen Gewohnheiten ihres Hausgasts und hatte Valentina damit verraten, dass sie sich nachts allein mit einem Gentleman in der Bibliothek aufgehalten hatte? Ob er auch noch zum Frühstück erscheinen würde? Und konnte sie dann überzeugend so tun, als ob sie sich nie begegnet wären?

»Ich hoffe, Sie sind fündig geworden.« Die Dowager Countess lächelte, und Valentina fühlte sich eigenartig ertappt.

»O ja, ich … äh … habe mir einen Roman ausgesucht. Bisher gefällt er mir.«

»Hervorragend. Offenbar war er nicht zu fesselnd, sodass Sie doch noch in den Schlaf gefunden haben. Wenn Sie weiterhin unter Schlafstörungen leiden sollten, wenden Sie sich gern an mich. Ich habe mich eingehend mit der Wirkung von Kristallen und Kräutern beschäftigt. Ein Amazonit unters Kissen gelegt, kann oft schon Wunder bewirken.«

»Vielen Dank für das Angebot, Mylady. Aber ich denke, ein Spaziergang am Nachmittag sollte ausreichen. Bewegung und frische Luft tun mir immer gut.«

»Da haben Sie recht«, sagte Lady Sutton. »Am Nachmittag sollte es auch wärmer werden. Noch ist es recht frisch. Aber eine kleine Runde durch die Gärten könnten wir nach dem Frühstück schon wagen. Das würde uns allen wohltun, finden Sie nicht?«

Und so brach die kleine Gesellschaft nach dem Frühstück zu einem kurzen Spaziergang durch die Gärten auf. Valentina gefielen die hübschen Anlagen, insbesondere der künstlich angelegte, von einem munter sprudelnden Bach gespeiste See, an dessen Ufer sich die Rotunde befand, die

117

mit ihren schlanken, weißen Säulen einem griechischen Tempel glich.

Anschließend fand man sich im Salon ein, um dort auf das Eintreffen der weiteren Hausgäste zu warten, die auch wenig später gemeldet wurden.

Als Erste trat eine elegant gekleidete junge Dame in einem korallenroten Reiseensemble ein. Sie trug das nussbraune Haar zu zwei seitlichen, geflochtenen Schnecken gesteckt.

»Lady Shillingham, wie schön, Sie zu sehen. Es freut mich, dass Sie kommen konnten. Oh, da ist ja auch Mr Moreleigh. Sie kommen also doch als Hausgast zu uns. Ich hatte es ja so gehofft.«

Valentina sah, dass hinter Lady Shillingham ein großer, schlanker Mann mit dunklem Haar und sehr hellen Augen eingetreten war.

»Vielen Dank, Lady Oakfort. Ja, Sie haben mich überzeugt. Es ist vermutlich doch zu beschwerlich, am Abend noch nach Grimston Hall zurückzufahren«, sagte der Mann.

Lady Oakfort machte die Gäste miteinander bekannt, und bald schon war der Salon von aufgeregtem Geplauder erfüllt. Alle fieberten der Séance mit dem berühmten Medium entgegen und fachsimpelten über Mesmerismus, odische Kräfte, Ektoplasma und dergleichen mehr, und Valentina fühlte sich recht fehl am Platze.

»Vielleicht sollte ich einmal nach Miss Foy sehen«, bot sie an. »Ich wollte ohnehin nach oben gehen und mir einen Schal holen. Hier am Fenster wird es doch recht kühl an den Schultern.«

»Das ist eine ausgezeichnete Idee, Miss Day. Vielleicht fühlt sich Isabella bereits wieder etwas besser und möchte unsere Gäste begrüßen«, entgegnete Lady Oakfort. »Isabellas Zimmer finden Sie im östlichen Flügel, wenn Sie die Treppe heraufkommen rechts, dann die dritte Tür auf der linken Seite.«

Froh, für eine Weile dem Theoretisieren der Spiritisten entkommen zu sein, stieg Valentina die Treppe hinauf und klopfte an die beschriebene Tür. Es dauerte eine Weile, bis Miss Foy antwortete.

»Oh! Miss Day! Sie sind es. Ich dachte, es wäre Betsy mit dem Tee.«

Isabella lag auf dem Bett, eine leichte Decke über die Beine gelegt und ein dickes Kissen im Rücken. Sie sah blass aus, und ihre Augen wirkten verquollen. Möglicherweise hatte sie sich einen Infekt eingefangen. Auf ihrem Bauch lag eine Wärmflasche aus glasierter Keramik.

»Ich hoffe, ich störe nicht. Ihre Tante sagte, Sie fühlten sich nicht wohl, und ich wollte mich nach Ihrem Befinden erkundigen.«

»Es … es geht mir schon wieder etwas besser, aber ich werde mich lieber noch schonen, dann kann ich heute Abend an der Séance teilnehmen.«

»Sind Sie sicher? Sie sehen ein wenig blass aus«, bemerkte Valentina.

»Natürlich. Ich bin sicher, es geht mir schon bald wieder blendend. Tante Noras Tee scheint zu wirken. Deswegen habe ich Betsy gebeten, mir noch eine Tasse davon zu bringen. Die Wärme tut auch gut.« Sie lächelte, dennoch erschien sie Valentina gedämpft und zittrig. Sie strich sich eine lose Haarsträhne aus dem Gesicht. »Bestimmt bin ich bis zum Dinner wieder auf den Beinen.«

»Wenn Sie meinen ...« Valentina stutzte. An Isabellas Finger hatte sie einen kleinen, schwarzen Fleck bemerkt. Auf dem Sekretär entdeckte sie ein Tintenfass und einen Füllfederhalter. Ob sie etwas geschrieben hatte? Papier oder ein Notizbuch waren aber nicht zu sehen. »Kann ich sonst noch irgendetwas für Sie tun?«

»Nein ... nein, danke. Bitte richten Sie meiner Tante aus, dass ich mich noch eine Weile ausruhen möchte und dann später zum Dinner komme.«

»Natürlich, gern. Das werde ich tun. Gute Besserung, Miss Foy.«

»Vielen Dank.«

Neun

Blackwell Heath, am Nachmittag des 14. Juni 1862

AM NACHMITTAG BESCHLOSS Valentina, einen Spaziergang zu machen. Sie hatte sich daran erinnert, was das Dienstmädchen gesagt hatte, und wollte durch den Wald zur Steilküste hinaufgehen. Mit ihrer Familie war sie einige Male in Brighton gewesen und mochte es, am Meer spazieren zu gehen. Eine wilde, raue Felsküste kannte sie allerdings nur von Gemälden. Bestimmt hatte man von der Klippe einen ganz wundervollen Ausblick über die See. In weiser Voraussicht hatte sie daran gedacht, ihr Opernglas einzupacken, welches sie nun aus dem Koffer holte und in ihre Tasche steckte.

Sich der Warnung des Dienstmädchens erinnernd zog sie einen weiteren Unterrock an, nahm den warmen Mantel und ihren wollenen Schal und verließ das Haus durch den hinteren Ausgang.

Über dem Garten lag der Duft von Rosen, Gardenien und Lavendel, die Sonne strahlte kräftig, und Insekten summten in der Luft. Ein Tag wie gemacht für einen Spaziergang ans Meer. Valentina schlenderte zwischen den hübsch angelegten Beeten hindurch und trat durch den Heckenbogen auf den Sandweg, der am Ufer des Sees an dem runden Tempelchen vorbei in Richtung Wald führte. Als sie sich dem Gebäude näherte, sah sie, dass sich darin etwas bewegte.

Sie verspürte im Augenblick keine große Lust auf Gesellschaft und wollte die Gegend lieber allein erkunden, also blieb sie im Schutz eines Strauchs kurz stehen und spähte zwischen den Zweigen hindurch zum Seeufer.

Ein groß gewachsener Mann trat hinter einer der Säulen hervor. Er hatte die Hand an die Brauen gelegt und beschattete sein Gesicht. Valentina kniff die Augen zusammen, um besser sehen zu können. Die schmale, gerade Nase und das markante Kinn mit dem Grübchen kamen ihr bekannt vor. Natürlich! Das war dieser Lord L'Isle. Was machte der denn hier? Und warum war er nicht beim Frühstück gewesen? Nun, wenn man seine Nächte damit verbrachte, in finsteren Bibliotheken zu hocken und ahnungslose Damen zu Tode zu erschrecken, musste man am Tage womöglich etwas länger schlafen. Valentina drückte sich tiefer in den Schutz des Gebüschs, als der Earl seinen Blick über den Park schweifen ließ. Ob er auf jemand Bestimmten wartete?

Valentina überlegte, ob sie zurück zum Haus gehen sollte, als sie sah, wie er die Stufen hinabstieg und sich in die andere Richtung entfernte. Zum Glück hatte er nicht den Weg durch den Wald eingeschlagen, sondern war nach Osten gegangen, wo Lady Oakfort zufolge das Haus des Verwalters lag.

Valentina setzte ihren Spaziergang fort und erreichte bald den steil ansteigenden, schmalen

Pfad, der unter dem schattigen Grün der Bäume hindurch zur Steilküste führte. Moosbewachsene Felsen und üppige Farnwedel säumten den Pfad, die Luft war würzig und feucht und ließ die Nähe zum Meer bereits erahnen. Efeu rankte sich an den Stämmen der Bäume empor und ließ den Wald wie verwunschen erscheinen. Einige Male geriet Valentina an Weggabelungen und wusste nicht, welche Richtung sie einschlagen musste, entschied sich jedoch, dem Weg bergauf zu folgen. Schließlich erreichte sie den Waldrand und trat aus dem Schatten der Bäume ins Freie. Vor ihr breitete sich eine saftig grüne, an den Rändern von Hecken gesäumte Wiese aus, und dahinter konnte sie das Meer erkennen, das sich bis zum Horizont erstreckte. Kleine, windgeduckte Bäume und Dornengestrüpp klammerten sich an die beinahe schnurgerade Kante, hinter der es steil zum Meer hinunterging.

Valentina folgte dem Weg durch das hohe Gras, bis sie schließlich auf der Klippe anlangte und auf das Meer hinausblicken konnte. Der Wind zerrte an ihrer Haube, und sie löste die Bänder und nahm sie in die Hand, aus Furcht, sie könnte auf die See hinausgetragen werden. Einzelne Strähnen lösten sich aus ihrem Haarknoten und tanzten wild um ihren Kopf. Sie spazierte ein Stück an der Klippe entlang und genoss es, vom Wind durchgepustet zu werden. Er war frisch und launisch und trug das würzige Aroma von Salz und Tang mit sich.

Leichte Wellen bewegten das Wasser, das glitzernd die Sonnenstrahlen fing. Valentina sah sich um. Weit und breit war niemand zu sehen. Sie reckte sich auf die Zehenspitzen und streckte die Arme weit aus, als wären es Schwingen. Es war wunderschön hier oben, so einsam, so wild und so frei. Sie blieb noch eine Weile an den Stamm einer verkrüppelten Buche gelehnt stehen, schaute mit dem Opernglas aufs Meer hinaus und beobachtete die Möwen, die über den Wellen kreisten.

Langsam wurde es Zeit, sich auf den Rückweg zu machen, denn sie würde sich noch für das Dinner und die anschließende Séance frisch machen und umziehen müssen. Sie wandte sich um und ging zurück über die Wiese in Richtung Wald, wo sie dem steil abfallenden Pfad ins Tal folgte.

Plötzlich löste sich ein Stein unter ihrem Fuß, ihr Knöchel knickte zur Seite, sie strauchelte und stürzte. Zum Glück fingen der weite Rock und die Krinoline den Aufprall ein wenig ab, sodass sie relativ sanft landete und eine Weile verdattert sitzen blieb. Als sie sich etwas von dem Schrecken erholt hatte, musste sie lachen. Es musste zu komisch ausgesehen haben. Sie rappelte sich hoch und wollte ihren Weg fortsetzen, doch ein scharfer Schmerz schoss durch ihren Fuß, als sie das Gewicht darauf verlagerte. Sie musste sich den Knöchel geprellt oder verstaucht haben.

Vorsichtig humpelte sie zu einem großen, moosbewachsenen Felsen, der in den Weg hineinragte, und setzte sich, um den verletzten Fuß zu untersuchen. Sie zog den Stiefel aus, betastete behutsam das Sprunggelenk und bewegte den Fuß in alle Richtungen. Gebrochen war offenbar nichts, und wenn sie dem Knöchel etwas Ruhe gönnte, würde bald nichts mehr zu spüren sein, allerdings nützte ihr dies im Augenblick wenig, denn sie konnte den Fuß nicht belasten, und es ging recht steil bergab.

Sie beschloss, einfach eine Weile sitzen zu bleiben, den Knöchel hochzulegen und zu hoffen, dass er sich rasch erholte, damit sie es sicher zurück ins Tal schaffen konnte. Während sie in ihrem Bausch von Röcken dasaß, den schmerzenden Knöchel rieb und der Stille des Waldes lauschte, hörte sie es über ihrem Kopf leise auf das Blätterdach prasseln.

»Na bravo!«, stieß sie hervor. Ein Regenschauer. Genau das hatte ihr noch gefehlt. Gerade als sie sich fragte, ob ihre Lage noch misslicher werden konnte, hörte sie ein Knacken und sah eine Gestalt den steilen Weg hinaufsteigen. Auch das noch! Rasch nahm sie den Fuß herunter und deckte ihre Röcke wieder über die Beine.

»Guten Tag, Miss Day. Wie schön, Sie zu sehen.« Lord L'Isle blieb stehen, zog den Hut und machte eine kleine Verbeugung. Er sah elegant aus in seinem dunklen Zweireiher und den grauen Pantalons. Sein Blick fiel auf den einzelnen Stiefel, der neben ihr auf dem Fels lag. Er runzelte die Stirn. »Oh! Haben Sie sich verletzt?«

»Nein. Ich sitze bloß gern bei Regen im Wald und höre der Natur beim Wachsen zu«, entgegnete sie giftiger als beabsichtigt.

Ein schelmisches Lächeln breitete sich auf seinem Gesicht aus. »Sie machen sich doch nicht etwa über mein Faible für dunkle Bibliotheken lustig?«

»Nichts läge mir ferner, Mylord.«

»Wie dem auch sei, mir scheint, Sie brauchen Hilfe. Darf ich Ihnen mein Geleit antragen?« Er streckte die Hand aus.

»Nein, vielen Dank. Ich bin sicher, es wird auch so gehen«, erwiderte Valentina. »Ich muss mich nur einen Augenblick ausruhen.«

Als ob der Himmel sie verspotten wollte, wurde das Prasseln über ihren Köpfen stärker, und sie spürte bereits vereinzelte Tropfen, die das Blätterdach durchdrangen.

Lord L'Isle blickte nach oben. »Ich fürchte, wir haben beide heute kein Glück. Sie, weil Sie sich den Fuß vertreten haben, und ich, weil ich eindeutig den falschen Zeitpunkt für einen Spaziergang gewählt habe. Kommen Sie, ich helfe Ihnen.«

»Wirklich, das ist sehr freundlich von Ihnen, aber absolut nicht nötig. Ich komme auch allein zurecht.«

»Wie Sie meinen.« Er blickte den Weg hinab ins Tal. »Allerdings dürfte der Abstieg schon mit zwei gesunden Füßen nicht ganz leicht werden. Ich verstehe natürlich, dass Sie sich sorgen, dem Anstand nicht zu genügen und Ihren Ruf zu gefährden.«

»So ist es. Und nun lassen Sie mich bitte meinen Schuh wieder anziehen.«

»Sie sind sicher, dass Sie keine Hilfe benötigen?« Er zog eine Augenbraue hoch und sah sie mit einem leichten Lächeln an. Seine von dichten, schwarzen Wimpern umkränzten Augen waren haselnussbraun und erinnerten ein wenig an die eines Rehs oder Hundes, sie hatten etwas Vertrauenerweckendes. Doch Valentina wusste, dass man sich von derlei Äußerlichkeiten nicht täuschen lassen sollte.

»Absolut sicher.«

Der Earl blickte noch einmal auf zum Blätterdach, über dem es leiser geworden war. »Der Regen lässt nach. Wie es scheint, war es nur ein kurzer Schauer. Vielleicht werde ich meinen Spaziergang fortsetzen. Passen Sie auf sich auf, Miss Day.« Er bückte sich, hob einen dicken Ast auf, wog ihn prüfend in der Hand und reichte ihn Valentina. »Nehmen Sie den. Vielleicht geht es damit besser.«

Valentina lächelte. »Vielen Dank, Mylord.«

Er nickte kurz und stieg dann weiter hügelan. Valentina hob den Fuß wieder auf den Stein, schnürte ihren Stiefel und stemmte sich hoch. Sie nahm den Stab, den er ihr gegeben hatte, und setzte den verletzten Fuß auf. Na also! Es ging doch. Zögerlich machte sie ein paar Schritte. Scharf sog sie die Luft zwischen den Zähnen ein und unterdrückte einen Fluch.

»Sie benötigen doch Hilfe, nicht wahr?«, hörte sie den Earl hinter sich rufen. Ärgerlich biss sie die Zähne zusammen, dann wandte sie sich um.

»Ja. Möglicherweise geht es doch nicht so gut, wie ich dachte.«

Er lächelte, als er den Pfad wieder herunterkam und ihr ohne weitere Worte den Arm bot. Valentina konnte nicht umhin zu bemerken, dass er eine durchaus attraktive Erscheinung war, doch sie verbot sich, weiter darüber nachzudenken, hakte sich unter und ließ sich von ihm vorsichtig den Hügel abwärtsführen.

»Wenn Sie befürchten, dass man Ihnen unschickliches Verhalten vorwerfen könnte, werde ich Sie einfach bis nach unten begleiten und dann kehrtmachen. Auch wenn ich finde, dass die Umstände durchaus rechtfertigen, dass ...«

»Ein sehr kluger Vorschlag, finde ich. So sollten wir es machen«, beeilte sich Valentina zu sagen. Sie fühlte sich seltsam unwohl in der Nähe des Earls, auf eine eigenartige Weise unsicher, die sie so von sich nicht kannte.

Möglicherweise war es auch nur der Umstand, dass sie sich mit einem mehr oder weniger unbekannten, großen und kräftigen Herrn allein im Wald befand, der ihr Sorge bereitete. Sie umrundeten die nächste Biegung, als es plötzlich am Wegrand raschelte und knackte und jemand aus dem schmalen Trampelpfad zu ihrer Rechten auf den Weg trat. Es war ein alter Mann mit langem, wirrem Haar und einem zotteligen Bart. Große, stechend blaue Augen leuchteten aus dem faltigen, vor Schmutz strotzenden Gesicht. Der Mann ging leicht gebeugt und trug ein grob gewebtes, braunes Gewand, das in der Mitte von einem Strick gehalten wurde und an eine Mönchskutte erinnerte. Der Alte stieß einen eigenartigen Schrei aus, der mehr wie ein Keuchen klang, und wich zurück. Mit weit aufgerissenen Augen starrte er Valentina an. Sie sah, wie unter dem struppigen Bart seine Kiefer mahlten. Sein Blick wandte sich Lord L'Isle zu, er runzelte die Stirn und kniff die Augen zusammen, als ob er nach etwas suchte. Dann machte er einen Schritt auf Valentina zu und beugte sich vor.

»Hüten Sie sich, Miss. Hüten Sie sich, denn der Tod wandelt an Ihrer Seite.«

»Wie bitte? Sind denn hier alle verrückt geworden?«, rief Valentina. »Wer sind Sie überhaupt und was wollen Sie von uns?«

Für einen Augenblick sah der Alte irritiert aus und blickte abermals zu Lord L'Isle hinüber.

»Man nennt mich Zachariah, Miss. Zachariah den Eremiten.« Er verneigte sich leicht und entblößte eine Reihe gelblichbrauner Zahnstümpfe. Valentina wich unwillkürlich zurück.

»Lassen Sie uns auf der Stelle vorbei und belästigen Sie mich nicht weiter!«, sagte Valentina mit Bestimmtheit. Sie war froh, dass ihre Stimme nicht zitterte, denn in Wahrheit raste ihr Herz, und das Blut rauschte in ihren Ohren. Liefen hier nur Wahnsinnige herum, und hatten sie es alle darauf abgesehen, ihr einen Schrecken einzujagen?

»Ich habe Sie gewarnt, Miss. Hüten Sie sich«, sagte der Alte noch einmal, keckerte merkwürdig und stapfte querfeldein durch den Wald davon. Valentina sah ihm nach und schüttelte den Kopf.

»Sie sind mir ja ein schöner Gentleman! Warum haben Sie diesen Waldschrat nicht verscheucht?«

»Mir schien, Sie haben die Lage schon selbst ganz gut im Griff. Außerdem war der Alte doch harmlos.«

»Harmlos! Von wegen. Er hat mich zu Tode erschreckt. Es scheint hier offenbar ein beliebter Zeitvertreib zu sein, herumzulaufen und ahnungslosen Damen kryptische Warnungen an den Kopf zu schleudern.«

Er blieb kurz stehen und sah sie fragend an. »Wieso? Hat noch jemand Sie gewarnt?«

»Ja. Vergangene Nacht, kurz bevor Sie mir in der Bibliothek den nächsten Schrecken versetzt haben, traf ich im Flur auf die alte Mrs Bucknell«, erklärte Valentina ärgerlich. »Sie kam plötzlich aus ihrem Zimmer geschossen, packte mich am Arm und faselte etwas vom Teufel, der käme, um sich hübsche Mädchen zu holen, und ich müsse mich deshalb vorsehen.«

Der Earl lachte leise.

»Was gibt es da zu lachen? Fänden Sie es besonders komisch, wenn ...«

»Nein, das fände ich ganz und gar nicht, aber Sie müssen verzeihen, es entbehrt nicht einer gewissen Komik, dass Sie derlei Situationen nahezu magisch anzuziehen scheinen.«

»Wirklich, äußerst komisch.« Valentina reckte das Kinn vor. Zu gern wäre sie einfach davonspaziert, wenn nur der vermaledeite Fuß nicht gewesen wäre, der es nötig machte, sich von diesem Gecken stützen zu lassen.

»Allerdings hat Mrs Bucknell recht«, sagte Lord L'Isle und schmunzelte noch immer.

»Ach ja? Glauben Sie auch, dass der Teufel in Blackwell Heath umgeht?«, giftete Valentina.

»Das kann ich Ihnen nicht sagen, aber wenn er es auf hübsche Mädchen abgesehen hat, dann hat Mrs Bucknell vollkommen recht damit, Ihnen zur Vorsicht zu raten.«

Valentina entzog ihm ihren Arm und stützte sich auf den Stock. Schmerz pochte in ihrem lädierten Knöchel. »Ich, mein werter Lord L'Isle, bin keineswegs ein hübsches Mädchen, sondern eine erwachsene Frau.«

Das Lächeln verschwand aus seinem Gesicht, und er legte die Stirn in Falten. »Verzeihen Sie meine Impertinenz, Miss Day. Ich habe mich hinreißen lassen. Sie haben vollkommen recht. Es steht mir in keiner Weise zu, Ihre äußere Erscheinung zu kommentieren, und Sie sind in der Tat kein Mädchen, sondern eine Dame.«

Valentina zog die Augenbrauen zusammen und sah ihn prüfend an. Wollte er sie verulken oder hatte er es tatsächlich ernst gemeint?

Er lächelte äußerst charmant und hielt ihr den Arm hin. Valentina seufzte und hakte sich wieder unter. »Sie sind unmöglich, Mylord.«

»Ich weiß. Verzeihen Sie, aber manchmal sitzt mir der Schalk im Nacken, und irgendetwas sagt mir, dass Sie bisweilen Vergnügen an einem guten verbalen Schlagabtausch haben. Nur möglicherweise nicht mitten im Wald mit einem mehr oder weniger fremden Herrn und einem verletzten Knöchel. Habe ich recht?«

»So ist es«, sagte Valentina. Sie lächelte. Möglicherweise tat sie ihm unrecht. Immerhin schien er aufrichtig reumütig. Die innere Unruhe legte sich, und sie hätte den Spaziergang mit ihm beinahe genießen können, hätte sie nicht hin und wieder ein dumpfer Schmerz an den verletzten Knöchel erinnert.

»Wie geht es Ihrem Fuß?«, fragte Lord L'Isle in diesem Augenblick, als hätte er ihre Gedanken erraten.

»Schon etwas besser, aber wenn ich zu fest auftrete, schmerzt es noch etwas.«

»Am besten, Sie lassen sich gleich von der Köchin etwas Eis geben und kühlen ihn.«

»Das werde ich tun«, entgegnete sie. »Werden Sie heute auch an der Séance teilnehmen, Mylord?«

»Um nichts in der Welt würde ich das versäumen wollen.« Er lächelte. »Madame Persephone ist eine Berühmtheit und eine Koryphäe auf diesem Gebiet, wie ich hörte.«

»Das ist sie wohl«, sagte Valentina.

Er verlangsamte seine Schritte und sah sie fragend von der Seite an. »Es wundert mich, dass Sie als ihre persönliche Assistentin so skeptisch klingen.«

Valentina lachte. »Da haben Sie recht, ich sollte womöglich loyaler sein. Allerdings begrüßt Mrs Lyness meine Skepsis, und kurioserweise spricht ja gerade das für sie. Sie sehen, ich bin gespaltener Ansicht, was das angeht.«

»Eine durchaus vernünftige Haltung, wenn Sie mich fragen. Eine gesunde Skepsis hat noch niemandem geschadet, wenn man gleichzeitig offen dafür ist, seine Überzeugungen jederzeit auf den Prüfstand zu stellen«, meinte der Earl.

Sie hatten nun wieder ebenes Gelände erreicht, der Wald lichtete sich und man konnte bereits den Sandweg und das Seeufer erkennen.

»Können Sie einigermaßen auftreten?«, fragte Lord L'Isle und blieb einen Augenblick stehen, damit sie es probieren konnte.

»Mit dem Stock wird es gehen«, sagte sie und humpelte probehalber ein paar Schritte. »Ja, es geht schon wesentlich besser.«

»Dann werde ich mich jetzt diskret zurückziehen, wenn Sie erlauben. Ich möchte Sie schließlich nicht in Schwierigkeiten bringen.« Er tippte sich an den Hut. »Guten Tag, Miss Day.«

Sich auf den Stock stützend ging sie einige Schritte und stellte fest, dass es mit jedem Schritt etwas besser ging. Sie blieb kurz stehen und wandte sich um.

»Vielen Dank, Mylord.«

Er nickte und lächelte nur.

Valentina trat aus dem Schatten der Bäume auf den Weg und folgte ihm am Seeufer entlang in Richtung Haus. Wegen des Knöchels kam sie nur langsam voran, dennoch war sie froh und dankbar, dass sie sich nicht schlimmer verletzt hatte und überhaupt noch laufen konnte. Als das runde Tempelchen ins Blickfeld kam, sah sie dort kurz etwas Lavendelfarbenes zwischen den Säulen aufleuchten. Sie beschattete ihre Augen mit der Hand und spähte zu dem Gebäude hinüber. Oh! Das war doch Isabella Foy. In einem zartvioletten Promenadenkleid lehnte sie mit dem Rücken zu Valentina an einer der Säulen und schien in Gedanken. Offenbar hatte sie sich erholt und nutzte das schöne Wetter für einen kleinen Spaziergang. Valentina versuchte, etwas schneller zu gehen. Vielleicht konnte Isabella ihr behilflich sein, den Fuß zu verarzten, und Eis aus der Küche bringen lassen.

Sie wollte Isabella nicht erschrecken, also wartete sie, bis sie etwas näher herangekommen war, und rief ihren Namen.

Isabella wirbelte herum. Valentina stutzte, denn im ersten Augenblick wirkte ihr Gesichtsausdruck erschrocken, wich dann aber schnell einem freundlichen Lächeln. Allerdings hatte Isabella eine Hand hinter den Rücken gezogen, eine Bewegung, die Valentina an Izzy erinnerte, wenn man sie beim Naschen ertappt hatte.

»Oh, Miss Day! Ich habe Sie gar nicht kommen sehen. Haben Sie einen Spaziergang gemacht?« Erst jetzt schien Isabella der dicke Ast aufzufallen, auf den Valentina sich stützte. Sie runzelte die Stirn. »Oje, sind Sie etwa umgeknickt?«

»Ich war oben auf der Steilklippe«, erklärte Valentina. »Auf dem Rückweg durch den Wald bin ich ungeschickt auf einen Stein getreten und gestürzt. Ich habe mir wohl den Knöchel verstaucht. Ich wollte Sie gerade bitten, ob Sie mir behilflich sein könnten, den Fuß zu bandagieren und vielleicht in der Küche um etwas Eis zu bitten.«

Isabellas Blick huschte kurz suchend umher, dann lächelte sie abermals. »Aber natürlich, Miss Day, selbstverständlich. Kommen Sie. Wir bringen Sie zum Haus.«

Valentina hatte den Eindruck, dass sie eben etwas zu Boden fallen gehört hatte. Als sie ein paar Schritte gegangen waren, blickte sie noch einmal kurz über die Schulter zurück, konnte aber nichts sehen. Neben der Säule stand ein hohes, steinernes Pflanzgefäß mit einem zur Kugel geschnittenen Buchs darin. Wenn man einen weiten Rock trug, war es ein Leichtes, einen kleinen Gegenstand unauffällig mit dem Fuß hinter den Sockel zu schieben.

Kurz überlegte Valentina, unter einem Vorwand zurückzubleiben und nachzusehen, doch Isabella würde sie mit dem verflixten Knöchel sicherlich nicht allein gehen lassen. Widerwillig ließ sie sich also zum Haus und hinauf in ihr Zimmer bringen.

»Ich werde Betsy rufen, damit Sie Ihnen den Fuß bandagiert und Eis aus der Küche bringt«, sagte Isabella. »Brauchen Sie sonst noch etwas?«

»Nein, vielen Dank. Ich denke, ich muss dem Fuß nur ein wenig Ruhe gönnen. Ich werde später zum Dinner herunterkommen. Aber jetzt habe ich Sie gar nicht gefragt, wie es Ihnen geht. Fühlen Sie sich besser?«

Isabella hatte wieder eine gesundere Gesichtsfarbe, wirkte aber noch immer etwas geschwächt und lange nicht so fröhlich und offen, wie Valentina sie am Abend zuvor erlebt hatte.

»Ja, es geht mir wieder gut. Ich habe mir wohl nur ein wenig den Magen verdorben. Nun, ich hoffe, Sie erholen sich ebenso schnell, Miss Day. Wir sehen uns dann beim Dinner, nehme ich an.«

»Das hoffe ich. Vielen Dank, Miss Foy.«

Als Isabella gegangen war, ließ Valentina ihren eigenartigen Nachmittag und das Zusammentreffen mit Lord L'Isle noch einmal Revue passieren. Sie konnte den Eindruck nicht abschütteln, dass hier einiges Merkwürdige vor sich ging. Ein plötzlicher Gedanke durchfuhr sie und sie schwang die Beine aus dem Bett, was sie gleich darauf bereute. Sie hatte ganz vergessen, dass sie den Knöchel noch nicht wieder voll belasten konnte. Vorsichtig humpelte sie zu dem Stuhl, auf dem sie ihre Tasche abgestellt hatte, und holte das Opernglas heraus. Damit trat sie ans Fenster und sah zu der Rotunde am Seeufer hinüber. Sie suchte nach dem Buchsbaum. Da! Na also. Sie versuchte, den Sockel des Gefäßes scharf zu stellen, konnte jedoch nichts erkennen, weil der Fuß der Säule den entscheidenden Teil verdeckte. Enttäuscht nahm sie das Opernglas herunter, als sie plötzlich einen Mann hinter einer der Säulen hervortreten sah. Der Größe und Kleidung nach zu urteilen war es ... Sie nahm das Fernglas wieder hoch. Tatsächlich! Es war Lord L'Isle. Er blickte sich nach allen Seiten um. Dann bückte er sich. Als er sich wieder aufrichtete, hatte er etwas in der Hand. Valentinas Herz pochte wie verrückt. Was er aufgehoben hatte, war klein und hell. Nun konnte sie erkennen, was es war. Ein gefalteter Bogen Papier, den er jetzt öffnete. Valentina fuhr zusammen, als es klopfte. Schnell verbarg sie das

Opernglas in ihrer Rocktasche und humpelte zum Bett.

»Herein!«

Es war Betsy, die Bandagen für ihren Fuß und Eis zum Kühlen brachte. Valentina fluchte innerlich. Sie hätte zu gern noch gesehen, was Lord L'Isle mit dem Brief gemacht hatte. Die Gedanken wirbelten durch ihren Kopf. Offenbar hatte Isabella jemanden treffen wollen, um ihm den Brief zu geben, war aber von ihr überrascht worden. Also hatte sie den Brief kurzerhand fallen gelassen und mit dem Fuß hinter den Pflanzkübel geschoben. Hatte Lord L'Isle ihn dort womöglich zufällig entdeckt oder war er vielleicht für ihn bestimmt gewesen? Valentina erinnerte sich daran, dass sie ihn auf dem Hinweg bereits bei dem griechischen Tempelchen gesehen hatte. Ob er dort auf Isabella gewartet hatte? Konnte das bedeuten, dass es zwischen den beiden eine geheime Liaison gab? Das ließ auch ihr Zusammentreffen in der Bibliothek in einem anderen Lichte erscheinen. Möglicherweise hatte er auch dort auf Isabella gewartet. Eigenartig. Valentina musste zugeben, dass dieser Gedanke ihr nicht behagte, hatte sie doch gerade beschlossen, ihn zu mögen. Und nun war sie sich nicht mehr sicher, was sie von ihm halten sollte. Überhaupt war es doch seltsam, dass Lady Oakfort ihnen diesen Gast nicht vorgestellt hatte und er auch weder zum Dinner noch zum Frühstück erschienen war. Er hatte gesagt, er gehöre zum Inventar, was auch immer das zu bedeuten hatte. Ob er auch ein Verwandter von Lady Oakfort war? Dieser Mann und sein Verhalten warfen einige Fragen auf, aber für keine davon fand Valentina eine plausible Antwort. Sie beschloss, sich nicht weiter den Kopf darüber zu zerbrechen und lieber noch ein wenig auszuruhen, bevor sie sich zum Dinner umziehen und auf die Séance vorbereiten musste.

Zehn

Lady Oakforts Salon am Abend der Séance, 14. Juni 1862

GEMEINSAM MIT MR STOKER hatte Valentina alles für die Séance vorbereitet. Sie hatten Fesseln und Stricke für Madame Persephone zurechtgelegt, die Karte mit dem Alphabet sowie den Stift. Auf dem Tisch lagen ein Glöckchen, ein kleines Akkordeon und die Schiefertafel mit der Kreide.

Wie immer hatte Valentina peinlich genau darauf geachtet, ob Mr Stoker im Verborgenen irgendeine Vorrichtung anbrachte oder ob die Gegenstände möglicherweise präpariert waren, doch sie hatte nichts finden können. Keine Drähte, keine doppelten Böden, keine Spiegel.

Lady Oakforts Dienstpersonal half, die Stühle für die Zuschauer aufzustellen, die sich zu diesem Zeitpunkt noch im Wintergarten aufhielten. Einige der Gäste trafen erst jetzt ein und wurden dort noch mit Häppchen und Getränken versorgt. Beim Dinner waren sie heute insgesamt dreizehn Personen gewesen, da sich zu den Hausgästen noch vier weitere Gäste aus der Umgebung gesellt hatten. Um Mr Stoker bei den Vorbereitungen helfen zu können, hatte sie sich entschuldigt und die Tafel als Erste verlassen. Erst jetzt fiel ihr ein, dass es hieß, dass bei einer Anzahl von dreizehn Gästen die erste Person, die sich erhob, innerhalb eines Jahres sterben würde. Obschon sie sich nie für besonders abergläubisch gehalten hatte, sorgte der Gedanke für ein mulmiges Gefühl. Sie musste an die alte Mrs Bucknell und die Warnung von Zachariah, dem Eremiten, denken. Dabei fiel ihr ein, dass sie weder Isabella noch Lady Oakfort nach diesem gefragt hatte. Möglicherweise wusste die Dowager Countess überhaupt nicht, dass der verwirrte Alte auf ihrem Anwesen herumstromerte und Leute erschreckte. Sie nahm sich vor, sie später darauf hinzuweisen. Doch nun war nicht die Zeit dafür.

Nach einer letzten Überprüfung gaben sie dem Butler Bescheid, und die Gäste kamen nach und nach in den Salon. Valentina fiel es zu, die Zuschauer auf die Plätze zu bitten und das Prozedere zu erläutern. Danach machte sich Mr Stoker daran, die Personen aus dem Publikum auszuwählen, die sich zu Mrs Lyness an den Tisch setzen sollten. Valentina suchte unter den Versammelten nach Lord L'Isle, konnte ihn aber zunächst nicht entdecken. Erst als sie ihr Notizbuch nahm und hinten am Rand neben der Kerze Platz nahm, um die Sitzung protokollieren zu können, entdeckte sie ihn schließlich in einer Gruppe Gentlemen, die hinter der letzten Stuhlreihe standen und darauf warteten, dass die Damen mit ihren ausladenden Röcken Platz nahmen und sie die verbliebenen Stühle besetzen konnten.

Als sich ihre Blicke trafen, neigte der Earl diskret den Kopf und lächelte. Valentina nickte nur kurz, wagte aber nicht, zurückzulächeln. Schließlich sollten die anderen nicht wissen, dass sie sich bereits kannten. Glücklicherweise schien niemand die versteckten Gesten bemerkt zu haben.

Als schließlich alle ihre Plätze gefunden hatten, setzte sich auch Valentina und begann, zu protokollieren.

Die Séance wurde wieder damit eröffnet, dass sich Madame Persephone fesseln ließ. Als die Freiwilligen sich um den Tisch eingefunden hatten, wurde auch Mr Stoker gefesselt und das Licht gedämpft. Nachdem sich die Zuschauer mit ihrem Gesang auf die Ankunft der Geister eingestimmt hatten, ergriff Mrs Lyness das Wort.

»Wesenheiten aus der Geisterwelt! Wir rufen euch an!« Bis auf ein gespanntes, unterdrücktes Raunen blieb es still im Raum. »Heute suchen wir nach einer bestimmten Seele und brauchen eure Hilfe. Wir laden Augustus Maitland, den seligen 27. Earl of Oakfort, ein, in unsere Mitte zu treten. Seine liebende Witwe Nora, Countess of Oakfort, ist anwesend, und es ist ihr ein Herzenswunsch, noch einmal mit ihm zu sprechen. Ist Lord Oakfort anwesend?«

Es war, als hielte das Publikum kollektiv den Atem an. Nicht einmal das Rascheln der Röcke war mehr zu hören. Alle warteten gespannt auf das erhoffte Zeichen. Es blieb still.

»Ist Lord Oakfort anwesend?«, wiederholte Madame Persephone.

Plötzlich begann der Tisch zu rütteln und zu vibrieren, er schien sich ein Stück in die Luft zu erheben, dann senkte er sich mit einem dumpfen Schlag wieder auf den Boden. Ein überraschter Aufschrei lief durch das Publikum. Valentina spürte abermals den eigenartigen warmen Strom durch ihren Körper laufen, den sie bereits von allen vorangegangenen Séancen kannte. Doch da war noch ein anderes Gefühl. Es erinnerte sie daran, als Corbin ihr im Schulzimmer einmal das Prinzip der Elektrostatik vorgeführt hatte, indem er einen Stab aus Bernstein mit einem Kaninchenfell gerieben hatte und damit über ihrem Arm entlanggefahren war. Es hatte geknistert, und die feinen Härchen auf ihrer Haut hatten sich aufgerichtet. Bloß dass sie diese Empfindung nun am gesamten Körper verspürte. Ein feines, kitzelndes Kribbeln und Knistern, das ihre Haut überlief. Ihr Herzschlag beschleunigte sich, und sie sah gebannt nach vorn. Dabei vergaß sie beinahe, weiter zu protokollieren.

»Augustus, bist du es?«, rief Lady Oakfort mit bebender Stimme. Nach einer kurzen Pause ertönte dreimal ein lautes Klopfen. Lady Oakfort seufzte hörbar auf, und ein Raunen ging durch den Saal. Lord Oakfort befand sich also tatsächlich unter ihnen. Das Experiment war geglückt. Wieder einmal hatte Mrs Lyness ihre Fähigkeiten unter

Beweis gestellt. Auch Valentina fiel es schwer, sich ihre Skepsis zu bewahren.

Mrs Lyness bat die Dowager Countess, einige Fragen zu stellen, um die Identität des Verstorbenen zu bestätigen. Zuverlässig buchstabierte der Freiwillige mit Alphabet und Griffel die richtigen Antworten. Madame Persephone bat den Geist des Earls, durch eine Manifestation anzuzeigen, wo er sich im Raum befände. Alsbald war das hektische Bimmeln des Messingglöckchens zu hören.

»Er ist hier! Er ist hier bei mir! O Augustus!«, rief Lady Oakfort. Auch aus dem Publikum waren begeisterte Rufe zu vernehmen.

»Lord Oakfort. Lassen Sie Ihre Frau Ihre Anwesenheit spüren. Wenn Sie können, berühren Sie sie jetzt«, forderte Madame Persephone. »Spüren Sie den Fluss der odischen Energie, Mylady?«

»Ja! Ja! Ich spüre es! Ich spüre seine Hand auf meiner! Augustus! O Augustus! Du fehlst mir so.« Lady Oakfort hielt es kaum auf ihrem Platz.

»Unterbrechen Sie nicht den Kreis, Mylady!«, mahnte Mrs Lyness. »Beschreiben Sie, was Sie spüren.«

»Er berührt mich.« Lady Oakforts Stimme zitterte. »Ich spüre deutlich eine Hand, die sich auf meine Schulter gelegt hat, und eine Berührung an meiner Wange.«

»Lord Oakfort, bitte geben Sie Ihrer Frau ein Zeichen, dass Sie es sind, der sie berührt.« Mrs Lyness wandte sich an Lady Oakfort. »Hatten Sie einen Kosenamen für Ihren Gatten, den Sie nur im Privaten gebraucht haben?«

»Ja«, flüsterte die Dowager Countess. »Ja, den hatte ich.«

Valentina konnte nicht verhindern, dass sich eine Träne in ihr Auge stahl. Die Wärme in Lady Oakforts Stimme rührte sie.

»Lord Oakfort, würden Sie die Güte haben, diesen geheimen Kosenamen, den nur Ihre liebe Frau kennt, auf der Schiefertafel zu notieren?«, fragte Madame Persephone.

Drei schnelle Schläge auf dem Holz.

»Miss Day. Würden Sie die Tafel aus der Tischmitte holen und im Schein Ihrer Kerze für uns entziffern, was dort geschrieben steht?«

Valentina nickte und ging nach vorn, um die Tafel zu holen.

»Puffelchen«, las sie und musste schmunzeln.

Ein tränenerstickter, lauter Seufzer war von Lady Oakfort zu hören. »Du bist es! Du bist es wahrhaftig, Augustus! Kannst du mich hören?«

Drei heftige Schläge, die den Tisch zum Erbeben brachten.

»Es hat mir das Herz gebrochen, dass ich mich noch nicht einmal von dir verabschieden konnte, mein geliebter Augustus. Du fehlst mir so sehr. In allem, was ich tue.«

»Ich spüre eine Fluktuation in der odischen Kraft. Möchten Sie Ihrer Gattin noch eine Botschaft übermitteln, bevor ich die Verbindung verliere?«

Abermals drei Schläge. Valentina überlief wieder dieses eigenartige elektrisierte Gefühl. Dieses Mal spürte sie es bis tief unter die Haut, als ob ein Strom durch ihre Knochen liefe. Als sie die Schiefertafel auf das Tischchen mit der Kerze neben ihrem Platz legte und sich wieder setzte, warf sie einen Blick über die Schulter und entdeckte Lord L'Isle, der hinter der letzten Stuhlreihe stand und gebannt nach vorn blickte. Als sie ihn ansah, wandte er den Blick vom Geschehen, als hätte er es bemerkt. Er lächelte kurz, dann richtete er seine Aufmerksamkeit wieder auf die Vorgänge am Tisch.

Lord Oakforts Geist hatte begonnen, mit schneller Folge zu klopfen, der freiwillige Helfer rief die Buchstaben aus, und Valentina protokollierte sie eilig mit. Als das Klopfen verstummte, schwoll das eigenartige Kribbeln in ihrem Körper an und wurde beinahe unerträglich. Sie las laut vor, was sie geschrieben hatte.

»Es ist gut, meine Liebe. Alles ist gut. Sei nicht traurig. Wir werden ...«

Valentina überflog noch einmal die Buchstaben, die sie mitgeschrieben hatte. »Hier bricht es ab.«

Plötzlich rüttelte es wieder am Tisch. Er zitterte und bebte. »Das Alphabet!«, rief Mrs Lyness. »Er möchte noch etwas sagen.« Wieder ertönte das Klopfen.

Als es verstummte, las Valentina, was sie mitgeschrieben hatte.

»Ich muss gehen, Geliebte. Meine Kraft schwindet. Jemand kommt. Etwas ... Ich muss gehen. Es ist da!«

Valentina schluckte. Ihr Herz wummerte und noch immer prickelte ihr ganzer Körper, als wäre sie zu nah an eine Elektrisiermaschine geraten. Sie spürte einen kalten Luftzug, als hätte jemand plötzlich ein Fenster geöffnet. Die Kerze neben ihrem Platz flackerte und verlosch. Es war so still im Raum, dass ihr das eigene Atemgeräusch überlaut vorkam. Plötzlich ertönte ein eigenartiger Laut, eine Art tiefes Stöhnen, das wie das verzweifelte Luftschnappen eines Schiffbrüchigen am Ufer klang. Eine tiefe Stimme, die in der Luft vibrierte wie der Ton einer besonders großen Glocke, war zu hören.

»Gebt acht! Gebt acht! Hört meine Mahnung! Eine Person ist unter euch, die den Morgen nach dem nächsten Tage nicht erleben wird. Passt auf und seid wachsam! Der Tod wird gewaltsam eine Seele fordern. Hütet euch.«

Die Stimme verstummte, dafür drang plötzlich der Klang des Akkordeons in die entstandene Stille. Es gab unheimliche, klagende Laute von sich, die sich quer durch den Raum zu bewegen schienen. Plötzlich ein Knall an der Holzvertäfelung der Wand und ein Geräusch, als ob etwas zu Boden fiele, begleitet von dem hektischen Gebimmel des Messingglöckchens.

»Gebt acht! Seid auf der Hut!«, mahnte noch einmal die unheimliche Stimme.

Dann Stille.

Offenbar wagte niemand, sich zu rühren. Eine ganze Weile herrschte absolute Stille, bis Lady Oakfort plötzlich rief: »Das Licht! Entzündet die Lichter!«

Schritte eilten umher, an verschiedenen Stellen im Raum flackerte es auf, als die Diener die Lampen und Kerzen entzündeten und es allmählich heller wurde.

Valentina starrte ungläubig auf die Szene. Mrs Lyness saß nicht länger am Tisch. Sie stand aufrecht, mit dem Gesicht dem Publikum zugewandt, vor den Teilnehmern der Séance. Diese schauten verwirrt umher, und Valentina bemerkte, dass der Kreis nicht unterbrochen war. Lady Sutton und Colonel Ponsonby, die links und rechts von Madame Persephone saßen, hatten die Hände aneinandergelegt und die kleinen Finger berührten sich.

In diesem Augenblick riss Madame Persephone die Augen auf. Sie starrte in die Menge, ihr Gesicht bleich und wächsern. Sie öffnete den Mund, als ob sie etwas sagen wollte, dann versagten ihr offenbar ihre Beine den Dienst und sie sackte in sich zusammen. Mr Stoker wollte aufspringen, doch die

Fesseln an Händen und Füßen hielten ihn davon
ab, Mrs Lyness zur Hilfe zu eilen. Er zerrte an den
Seilen und versuchte, den Stuhl loszuwerden.
Valentina erhob sich ebenfalls. Ein dumpfer
Schmerz zuckte von ihrem Knöchel aufwärts.
Verflixt, sie hatte die Verletzung völlig vergessen.
Sie wollte nach vorn laufen, aber zwei Diener
waren vor ihr dort, hoben Mrs Lyness vorsichtig
auf und trugen sie zu einem Sofa am anderen Ende
des Raumes.

»Riechsalz!«, rief eine Dame neben Valentina. »Hat
jemand Riechsalz dabei?«

Es entstand hektische Betriebsamkeit, und
während sich einige um die ohnmächtige Madame
Persephone bemühten, standen und saßen die
Übrigen mit verwirrten Mienen da und sahen zu.
Ein plötzlicher Gedanke kam Valentina in den
Sinn, und sie ging nach vorn, um Madame
Persephones Fesseln zu überprüfen. Das Seil, mit
dem die Füße des Mediums festgebunden gewesen
waren, ringelte sich wie eine Schlange um die
Stuhlbeine. Valentina bückte sich, hob es auf und
prüfte es. Es war nicht durchtrennt worden.
Jemand – oder etwas – musste die Knoten gelöst
haben. Wie war das möglich? Natürlich war es
dunkel gewesen, und die laute, geisterhafte
Stimme hatte sie alle erschreckt. Es war also
denkbar, dass jemand im Schutze der Dunkelheit
den Strick gelöst hatte, während das Publikum von

der unheimlichen Warnung abgelenkt gewesen war.

Als sie sich umwandte, sah sie, wie Mrs Lyness sich wieder aufrichtete. Jemand drückte ihr ein Glas Brandy in die Hand, und Mr Moreleigh fächelte ihr mit einem Taschentuch Luft zu.

»Vielen Dank. Es geht schon wieder«, sagte sie mit brüchiger Stimme. »Was ist geschehen? Wie komme ich hierher?«

»Sie ... Sie müssen die Fesseln gelöst haben. Plötzlich standen sie dort vorn vor dem Tisch. Und dann war da diese unheimliche Stimme«, verkündete Lady Sutton aufgeregt.

»Stimme? Was für eine Stimme? Und was sagte sie?«, fragte Mrs Lyness. Sie sah benommen aus, wie jemand, der gerade aus dem Schlaf hochgeschreckt ist.

»Eine unheimliche, tiefe Stimme. Sie klang überirdisch«, entgegnete Lady Oakfort atemlos. »Und sie hat eine Warnung ausgesprochen: Sie sagte, jemand aus unserer Mitte würde noch morgen gewaltsam zu Tode kommen.«

Mrs Lyness schluckte. »Oje. Das ist nicht gut«, sagte sie. »Eine solche Warnung muss ernst genommen werden. Es kommt äußerst selten vor, dass eine überirdische Energie sich während einer Trance direkt meines Körpers als Sprachrohr bedient.«

»Wollen Sie damit sagen, dass Sie selbst diese Warnung ausgesprochen haben?«, fragte Lady

Shillingham. »Wie unheimlich! Sie können doch unmöglich derartige Laute produzieren, Madam.«

»Solche Laute kann man eigentlich gar nicht hervorbringen, und doch hat sie es getan«, kommentierte Lady Sutton. »Es kann sich nur um eine Manifestation handeln, einen Geist, der sich ihrer bemächtigt hat.«

»Es ist selten, aber es ist auch in der Vergangenheit schon vorgekommen, dass sich eine überweltliche Wesenheit meiner bemächtigt hat, um durch mich hindurch direkt mit den Anwesenden zu kommunizieren«, erklärte Madame Persephone.

»Aber was machen wir denn nur?« Lady Sutton rang in einer theatralischen Geste, die so gar nicht zu ihrem unscheinbaren Wesen passte, die Hände. »Glauben Sie denn wirklich, dass jemand von uns sterben wird?«

»Wir sollten nicht den Kopf verlieren und in Panik verfallen, Mylady. Allerdings sollten wir besser aufeinander achtgeben«, riet Madame Persephone. »Die Energie, die ich spüren konnte, war nicht feindselig. Es war ihr offenbar ein Bedürfnis, uns zu warnen, und eine Warnung spricht man aus, um ein Unglück zu verhindern, nicht, weil man es für ein unausweichliches Schicksal hält.«

»Ganz richtig«, stimmte Colonel Ponsonby zu. »Hysterie wird uns nicht weiterhelfen. Nehmen wir die Warnung ernst und geben gut aufeinander acht. Insbesondere die Damen sollten stets in Begleitung sein.«

»Was meinen Sie, Stoker?«, fragte Mrs Lyness. Der Hüne gebärdete seine Antwort.

»Es schadet nicht, wenn wir uns vorsehen«, übersetzte Valentina.

Elf

Blackwell Heath, am Abend des 14. Juni 1862

VERMUTLICH HÄTTE EINE unheimliche Warnung aus dem Jenseits eine beliebige Gruppe Menschen in Angst und Schrecken versetzt, auf die Spiritisten aus Lady Oakforts Dunstkreis schien sie allerdings eine eher belebende Wirkung zu haben, jedenfalls nachdem der erste Schock verdaut war.

Die Gäste diskutierten lebhaft und hitzig über den Vorfall. Jeder schien eine andere Erklärung für das Phänomen zu haben, und alle bestürmten Madame Persephone mit Fragen und überhäuften sie mit ehrfürchtigem Lob ob ihrer außergewöhnlichen Fähigkeiten.

Valentina wusste nicht recht, was sie davon halten sollte. Als sie die Stelle bei Mrs Lyness angetreten hatte, war sie wild entschlossen gewesen, die Séancen und Geisterbeschwörungen für nichts als Schauspiel und Taschenspielerei zu halten. Doch der heutige Abend hatte sie nachhaltig verunsichert. Sie konnte nicht leugnen, dass sie eine Präsenz gespürt hatte. Sie hatte eine Energie gefühlt, die sie durchströmt und im Innersten berührt hatte. Dafür fand sie einfach keine logische Erklärung. Hatte sie sich womöglich bloß von einer perfekt inszenierten illusionistischen Darbietung in Hysterie versetzen lassen oder war sie tatsächlich Zeugin einer übersinnlichen Manifestation geworden?

Zu gern hätte sie eine zweite Meinung gehört, und zwar von jemandem, der ebenso wie sie Zweifel an der Existenz übersinnlicher Phänomene hatte. Isabella Foy fiel ihr ein, doch sie konnte die junge Frau nirgends sehen. Unschlüssig sah sie sich um. Schließlich entdeckte sie Lord L'Isle zwischen einigen anderen Gentlemen, von denen sie nur Colonel Ponsonby und Mr Moreleigh kannte. Ihr Gespräch im Wald fiel ihr wieder ein. Der Earl hatte offenbart, dass er in diesen Dingen zumindest nicht völlig unkritisch war. Zu gern hätte sie ihn nach seiner Einschätzung gefragt, doch offiziell waren sie einander nicht vorgestellt worden.

Als hätte sie ihre Gedanken erraten, kam in diesem Augenblick Lady Oakfort auf sie zu. »Miss Day. Bitte verzeihen Sie, dass ich Sie noch nicht mit allen bekannt gemacht habe. Es gab so viel zu tun vor der Séance. Aufregend, nicht wahr? Dass es Madame Persephone tatsächlich gelungen ist, Kontakt zu meinem seligen Mann herzustellen ... Ich bin noch immer ganz ergriffen.«

Die ominöse Warnung aus dem Jenseits schien die Dowager Countess nicht weiter zu beunruhigen. Zufrieden stellte Valentina fest, dass Lady Oakfort direkt auf die Gruppe der Gentlemen zusteuerte.

»Meine Herren! Ich muss um Verzeihung bitten, dass ich Sie bisher nicht mit unserer reizenden Miss Day bekannt gemacht habe. Ich laste es der Aufregung vor der Séance an.« Sie deutete auf Valentina. »Das ist Miss Valentina Day, die persönliche Assistentin von Madame Persephone. Colonel Ponsonby und Mr Moreleigh kennen Sie ja bereits. Ach, ich denke, die Herren können sich selbst vorstellen. Sie wissen ja, ich gebe nicht so viel auf Förmlichkeiten.

Die Gentlemen verneigten sich und nannten ihre Namen. Ein süffisantes Lächeln lag auf den Lippen von Lord L'Isle, als er ebenfalls den Kopf neigte. »Lycidas Green, 13. Earl L'Isle.«

»Sehr erfreut«, entgegnete Valentina und knickste leicht. Ihre Wangen fühlten sich warm an. Sie wartete auf eine günstige Gelegenheit, den Earl nach seiner Meinung zu der unheimlichen Prophezeiung zu fragen, doch es ergab sich keine, und Valentina wurde von Mr Moreleigh in ein Gespräch verwickelt. Über seine Schulter hinweg sah sie nun auch Isabella Foy am anderen Ende des Salons neben einem Blumenständer stehen. Sie sah blass aus und wirkte abwesend. Valentina blickte zu Lord L'Isle hinüber und bemerkte, dass auch er in diese Richtung schaute. Schließlich ging Isabella zur Tür und verließ den Raum. Was war bloß mit ihr los? Sie verbarg doch irgendetwas. Valentina beschloss, ihr nachzugehen. Vielleicht ergab sich eine Gelegenheit, sich unter vier Augen zu unterhalten und herauszufinden, auf wen sie heute Morgen im Garten gewartet hatte. Möglicherweise konnte sie Isabella auch ein wenig über Lord L'Isle aushorchen. Schließlich wusste

Valentina noch immer nicht, in welchem Verhältnis er zur Familie ihrer Gastgeberin stand.

»Würden Sie mich einen Augenblick entschuldigen, Mr Moreleigh?«, fragte sie. »Ich möchte mir etwas zu trinken aus dem Wintergarten holen. Der Schreck sitzt mir noch in den Knochen, und eine Erfrischung wird mir guttun.«

Sie ließ die Gentlemen zurück und schlüpfte durch die Tür in den Flur. Wohin mochte Isabella gegangen sein? Da ihr nichts Besseres einfiel, ging sie in den Wintergarten, um dort nach ihr zu sehen. Hier waren lediglich einige der Gäste versammelt und taten sich an Häppchen und Getränken gütlich. Durch das Fenster sah sie kurz etwas Weißes zwischen den Zweigen einer Hecke aufleuchten. Isabella trug heute Abend ein weißes Kleid. War sie etwa wieder in den Garten hinausgegangen? Valentina zögerte kurz. Sie musste daran denken, was Madame Persephone in ihrer Trance vorausgesagt hatte, aber die Neugier nagte an ihr. Sie musste einfach herausfinden, was mit Isabella vor sich ging, also beschloss sie, ihr zu folgen.

Sie ging durch die Seitentür hinaus in den Garten und die Stufen hinunter in den von Mauern und Hecken umgebenen Hausgarten. Kies knirschte unter ihren Füßen, und sie verlangsamte ihre Schritte, um nicht so viel Lärm zu machen. Sie näherte sich dem Bogen, der zu einem von einer Buchsbaumhecke umgebenen, quadratischen

Gärtchen mit einem Brunnen in der Mitte führte. Vorsichtig spähte sie hindurch und glaubte, am hinteren Ende etwas Weißes im Mondlicht aufleuchten zu sehen, bevor es durch einen weiteren Heckenbogen verschwand. Eilig ging sie hinterher, doch als sie aus dem Gewirr der Hecken und Anpflanzungen auf den breiten Hauptweg trat, konnte sie dort nichts entdecken. In diesem Augenblick wurde ihr wieder bewusst, dass es womöglich keine besonders gute Idee gewesen war, nachts allein in den Garten hinauszulaufen. Sie musste an die unheimliche Prophezeiung denken, und ein Frösteln überlief sie. Ängstlich blickte sie sich nach allen Seiten um, dann wandte sie sich um und ging schnellen Schrittes auf demselben Weg zurück. Kurz bevor sie bei dem abgeteilten Gärtchen mit dem Brunnen in der Mitte angekommen war, hörte sie plötzlich Stimmen aus Richtung des Hauses. Jemand musste die Flügeltüren beim Wintergarten geöffnet haben, und einige Gäste waren vermutlich auf die Terrasse hinausgetreten. Sie wollte weitergehen, als sie schnelle Schritte auf dem Kiesweg hörte. Sie kamen offenbar näher und klangen, als bewegten sie sich in ihre Richtung. Mit ihrem voluminösen Rock konnte sie sich auf dem schmalen, von Hecken eingefassten Weg nicht verstecken. Eilig raffte sie die Röcke und lief ein Stück zurück, wo sie einen weiteren Durchgang entdeckt hatte. Sie schlüpfte hindurch und drückte sich hinter die hohe Hecke. Ihr Herz raste, und sie konnte den Puls in ihrer Kehle spüren. Die näher kommenden Schritte klangen ausgreifend und energisch, als hätte es die Person eilig oder wäre wütend – oder möglicherweise beides. Hoffentlich würde sie vorbeigehen. Valentina versuchte, ihren Atem zu beruhigen und sich nicht zu bewegen, damit das Rascheln ihrer Röcke sie nicht verriet. Die Schritte kamen näher, dann klangen sie entfernter und waren schließlich nicht mehr zu hören. Offenbar war die Person vorbeigegangen. Valentina blieb noch eine Weile bewegungslos stehen und lauschte. Schließlich atmete sie erleichtert aus.

Sie schlich aus ihrem Versteck und trat zurück auf den Weg, der zu dem Gärtchen mit dem Brunnen führte. Gerade schlüpfte sie durch den Heckenbogen, als sie plötzlich gegen einen großen, festen Widerstand prallte.

»Verflixt!«, sagte eine vertraute männliche Stimme.

»Lord L'Isle! Was machen Sie denn hier? Sie haben mich erschreckt«, wisperte Valentina. Vermutlich hatte sie seine Schritte wegen ihrer eigenen und wegen des plätschernden Brunnens nicht gehört. Im hellen Licht des Vollmonds konnte sie erkennen, dass er lächelte.

»Warum flüstern Sie denn? Jetzt sind wir einander doch ganz offiziell vorgestellt, oder nicht?«

»Ich hätte Ihnen mehr Verstand zugetraut. Wenn man uns hier zusammen sieht, wird man denken, ich hätte mich mit Ihnen im Garten getroffen, um

... Sie wissen genau, was ich sagen möchte. Noch dazu in diesem Gärtchen. Es wirkt doch, als hätten wir etwas zu verbergen.«

»Schade, ich fand unsere Unterhaltung im Wald neulich sehr nett und hätte sie gern fortgesetzt. Vor allem interessiert mich, was Sie über die unheimliche Botschaft aus dem Jenseits denken. Was macht übrigens ihr Knöchel?«

»Er schmerzt noch ein wenig, aber es ist schon viel besser. Aber dies ist nun wirklich nicht der richtige Ort und die richtige Zeit, um zu plaudern.«

»Dann werde ich wohl besser jetzt gehen. Ich würde natürlich nicht wollen, dass Ihr Ruf kompromittiert wird.« Er tippte sich an die Hutkrempe und ging davon, und Valentina setzte ihren Weg zurück zum Haus fort. Dabei dachte sie über ihre überraschende Begegnung nach. Was hatte der Earl überhaupt hier draußen verloren? War auch er Isabella gefolgt? Das war ja äußerst merkwürdig. Zunächst die Sache mit dem Brief und nun möglicherweise ein heimliches Treffen im Garten? Aber wessen Schritte hatte sie auf dem Weg gehört? Das konnte doch nicht Lord L'Isle gewesen sein. Es ärgerte Valentina, dass sie überhaupt so viele Gedanken an ihn und seine Umtriebe verschwendete. Schließlich konnte es ihr doch vollkommen egal sein, ob und mit wem er sich traf. Wichtig war nur, dass niemand sie allein im Garten mit ihm gesehen hatte. Sie näherte sich dem Aufgang zur Terrasse, und als sie sah, dass dort gerade niemand war, stieg sie rasch die Stufen hoch und lehnte sich an die steinerne Brüstung, so als wäre sie nur kurz hinausgegangen, um frische Luft zu schnappen. Und keine Minute zu früh, denn einen Augenblick später kam Lady Oakfort in den Wintergarten und blickte zu ihr herüber. Valentina nutzte die Gelegenheit und ging wieder hinein.

»Da sind Sie ja. Kommen Sie doch mit in den Salon. Lady Shillingham hat sich bereit erklärt, für uns zu spielen. Sie ist eine talentierte Pianistin, müssen Sie wissen. Das möchten Sie sich auf gar keinen Fall entgehen lassen, meine Liebe.«

»Sehr gern.« Valentina lächelte unschuldig. »Ich musste mich nur draußen ein wenig abkühlen.«

Sie folgte Lady Oakfort in den Salon und nahm in der hintersten Stuhlreihe neben Mr Stoker Platz, um Lady Shillinghams Vortrag zu lauschen. Tatsächlich hatte Lady Oakfort nicht zu viel versprochen, und Valentina war von der Darbietung so gefesselt, dass sie gar nicht auf ihre Umgebung achtete. Erst als Lady Shillingham eine Pause machte, bemerkte sie, dass jemand sich auf den freien Platz neben ihr gesetzt hatte, und sie wandte den Kopf. Lord L'Isle nickte ihr kurz zu und lächelte.

»Eine äußerst talentierte Musikerin, finden Sie nicht?«, bemerkte er. Valentina nickte.

»Vielen Dank, Mylady.« Lady Oakfort war an das Pianoforte herangetreten. »Ihr musikalischer

Vortrag hat uns alle verzaubert. Ich weiß, dass einige von Ihnen, denen noch eine längere Fahrt bevorsteht, nun bereits aufbrechen müssen. Bevor wir heute auseinandergehen, möchte ich Ihnen aber noch die Pläne für den morgigen Tag vorstellen. Wir haben ein Picknick arrangiert. Lady Sutton war so freundlich, uns nach Folkton Grange einzuladen. Es ist nicht allzu weit, gerade einmal dreieinhalb Meilen, und ein herrlicher Fußweg mit einem wundervollen Ausblick. Da es aussieht, als bliebe uns das Wetter wohlgesinnt, werden wir hier am späten Vormittag aufbrechen. Es wird eine Menge großer und kleiner Köstlichkeiten geben, Krocket und andere Vergnüglichkeiten. Für den Rückweg stehen Kutschen zur Verfügung, um uns wieder nach Blackwell Heath zu bringen. Es wird ausreichend Zeit geben, um sich für den Ball am Abend zurechtzumachen. Ich würde vorschlagen, dass sich die Hausgäste noch für eine Weile in den kleinen Salon begeben, wo wir den Abend mit Getränken, einem Pfänderspiel und Gesprächen ausklingen lassen können. Gehen Sie doch gern schon einmal hinüber, ich geselle mich dann zu Ihnen, wenn ich die anderen Gäste verabschiedet habe.«

»Krocket. Ich denke, da muss ich passen«, kommentierte Lord L'Isle leise. »Spielen Sie?«

»Nicht besonders gut, fürchte ich«, sagte Valentina. »Meine Brüder haben mich immer ausgelacht.«

»Da hätten Sie ihnen wohl mit dem Krocketschläger Manieren beibringen sollen.«

Valentina musste bei der Vorstellung lachen. »Das wäre wohl höchst undamenhaft gewesen.«

»Aber womöglich wirkungsvoll.«

Die Gäste erhoben sich, und es entstand allgemeine Unruhe, als sich diejenigen, die nicht über Nacht blieben, verabschiedeten und sich zum Aufbruch bereit machten.

»Wir sollten in den kleinen Salon hinübergehen«, sagte Valentina. »Oder liegen Ihnen Pfänderspiele auch nicht?«

Der Earl lächelte und erhob sich. Valentina folgte seinem Beispiel, um Mr Stoker und seine Sitznachbarin aus der Reihe hinauszulassen. »Ich fürchte, Sie werden mich für einen grässlichen Spielverderber halten, aber ich werde mich zurückziehen. Ich habe noch in der Bibliothek zu tun.«

Valentina wich zurück in die Fensternische, um mit ihrem Rock nicht den Weg zu versperren, und Lord L'Isle gesellte sich zu ihr.

»Sie sind offenbar ein viel beschäftigter Mann«, bemerkte Valentina. »Sind Sie Wissenschaftler? Das würde womöglich Ihre Menschenscheu und die eigenartige Vorliebe für einsame Bibliotheken erklären.«

»Touché, Miss Day.« Der Earl griff sich an die Brust. »Sie haben meinen inneren Misanthropen entlarvt, und Sie liegen auch nicht gänzlich falsch.

Ich betreibe in der Tat wissenschaftliche Studien, doch damit möchte ich Sie nicht langweilen. Vielleicht haben wir irgendwann Gelegenheit, darüber zu plaudern. Mich würde Ihre Meinung dazu interessieren. Dabei fällt mir ein: Sie haben mir noch nicht verraten, was Sie von der Séance am heutigen Abend halten. Ich meine, Sie haben als Madame Persephones Assistentin doch einen ganz anderen Einblick in diese Dinge.«

Valentina sah ihn misstrauisch an. »Sie sind recht beharrlich, was das angeht. Fast möchte ich meinen, Sie sind Reporter oder einer dieser Menschen, die eine Sensation landen möchten, indem sie Mrs Lyness der Scharlatanerie überführen. Falls Sie Ihren Ehrgeiz dahinein gesetzt haben, muss ich Sie enttäuschen. In die technischen Details der Séancen bin ich nicht eingeweiht.«

Er legte den Kopf schief und blickte schuldbewusst drein. Wieder ermahnte sich Valentina, sich nicht von seinen treuen braunen Augen bezirzen zu lassen und zu arglos zu werden. »Ich finde es jammerschade, dass Sie mir offenbar stets das Schlechteste zutrauen, aber höchstwahrscheinlich bin ich selbst schuld. Mein Verhalten hat offenbar nicht den vertrauenswürdigsten Eindruck gemacht.«

»Das wäre noch eine Untertreibung«, entgegnete Valentina. »Warum ziehen Sie es zum Beispiel vor, nicht an den gemeinschaftlichen Mahlzeiten teilzunehmen?«

Lord L'Isle lächelte. »Sagen wir es so: Konversation in Gesellschaft ist nicht gerade meine starke Seite. In größeren Gruppen neigen die Leute dazu, mich wie Luft zu behandeln, und das möchte ich mir ersparen.«

»Besonders schüchtern oder zurückhaltend erscheinen Sie mir aber nicht«, entgegnete Valentina. »Und ich kann auch nicht sagen, dass Sie kein angenehmer Gesprächspartner wären.«

»Das habe ich auch nie behauptet.« Wieder lächelte er, als ob er sich über einen geheimen Scherz amüsierte. In diesem Augenblick gesellte sich Mr Stoker zu ihnen, der offenbar einer Dame Platz machen wollte.

»Entschuldigung«, las Valentina von seinen Händen ab. Er nickte Lord L'Isle freundlich zu.

»Nein, keine Sorge. Sie stören keineswegs«, entgegnete Valentina auf die Frage, die sie aus seinen Gebärden ablas. »Lord L'Isle wollte mir gerade von seinen faszinierenden Studien erzählen.«

»Wollte ich das?« Lord L'Isle zwinkerte und ein amüsierter Ausdruck lag auf seinem Gesicht. »Auf die Gefahr hin, Sie zu langweilen: Ich beschäftige mich unter anderem mit Magnetismus, Energie und den energetischen Eigenschaften von Kristallen und anderen Substanzen. Lady Oakfort war so freundlich, mir ihre umfassende Bibliothek zur Verfügung zu stellen.«

»Ich verstehe. Dann beschäftigen Sie sich also auch mit Spiritismus?«, fragte Valentina.

»Im weitesten Sinne, ja.«

Inzwischen war wieder genügend Platz, und Mr Stoker verabschiedete sich, um in den kleinen Salon zu gehen.

»Ich werde gleich nachkommen«, sagte Valentina. Dann wandte sie sich erneut dem Earl zu. »Möchten Sie es sich nicht vielleicht noch anders überlegen? Pfänderspiele können doch recht unterhaltsam sein.«

»Nein, vielen Dank. Ich werde lieber die Ruhe nutzen und mich der Lektüre widmen.« Er deutete auf ihre Kette. »Einen interessanten Anhänger tragen Sie. Das ist Bergkristall, nicht wahr? Und Hämatit? Sie wissen, ich beschäftige mich mit Kristallen. Haben die Zeichen eine besondere Bedeutung?«

»Das kann ich Ihnen nicht sagen. Die Kette war ein Geschenk.«

Lord L'Isle zog eine Augenbraue hoch. »Oh. Von einem Verehrer? Dann verzeihen Sie meine neugierige Frage.«

»Nein, von Madame Persephone, falls Sie es genau wissen wollen«, blaffte Valentina und ärgerte sich im selben Augenblick, dass sie seine Frage überhaupt beantwortet hatte. »Und nun entschuldigen Sie mich, ich werde hinübergehen in den Salon. Viel Erfolg bei Ihrem Studium.«

»Vielen Dank, Miss Day.«

Zwölf

Blackwell Heath, am Abend des 14. Juni 1862

EIGENTLICH MACHTE SICH Valentina auch nicht viel aus Pfänderspielen. Je weiter der Abend und damit der Alkoholgenuss fortgeschritten waren, desto kindischer und anzüglicher wurden erfahrungsgemäß die Aufträge, die es zur Auslösung der Pfänder zu erfüllen gab. Allerdings wollte sie auch keine Spielverderberin sein.

Als sie den Salon betrat, hatte es offenbar Lady Sutton stellvertretend für die Gastgeberin übernommen, das Spiel anzuleiten.

»Wir benötigen eine Person, welche über die Aufgaben befindet«, sagte sie. »Haben wir Freiwillige?«

Valentina hob eilig die Hand. In dieser Funktion würde sie wenigstens keine blamablen Aufgaben zu erfüllen haben.

»Miss Day hat sich als Erste gemeldet, scheint mir«, verkündete Lady Sutton. »Dann darf ich Sie vor die Tür bitten, bis alle Gäste Ihre Pfänder abgegeben haben. Ich werde Sie dann wieder hereinholen.«

Valentina ging hinaus und wartete im Flur darauf, dass Lady Sutton sie wieder hereinholen würde, als sich die Tür zur Bibliothek öffnete und Lord L'Isle heraustrat. Er machte ein erstauntes Gesicht.

»Nanu? Sie sind gar nicht im Salon? Wollen Sie sich etwa auch vor dem Spiel drücken?«

»Sie sollten nicht von sich auf andere schließen, Mylord«, entgegnete Valentina und lächelte. »Ich drücke mich nicht, ich wurde zur Richterin erklärt und warte, bis alle ihre Pfänder abgegeben haben.«

»Sie sind gewiefter als ich«, gab Lord L'Isle zurück. »Auf diese Weise hält Sie niemand für einen Sauertopf, der sich nicht zu amüsieren versteht, und dennoch bleibt es Ihnen erspart, sich zum Narren zu machen, um Ihr Pfand zurückzuerhalten. Wirklich, äußerst raffiniert.«

»Aber was machen Sie hier? Wollten Sie nicht in der Bibliothek bleiben?«

»Ich habe es mir anders überlegt. Sie haben mich überredet.«

Valentina musste lachen. »Sie sind nicht gewieft? Ich soll also annehmen, dass es reiner Zufall ist, dass Sie Ihre Meinung geändert haben, nachdem alle ihre Pfänder abgegeben haben. So können Sie sich amüsieren, müssen aber nichts beisteuern. Wirklich, als Richterin muss ich sagen, das ist überhaupt kein feiner Zug.«

»Lassen Sie Milde walten, Miss Day. Ich bitte Sie.«

»Wie könnte ich da Nein sagen, wenn Sie mich so bitten? Aber was, wenn die anderen darauf bestehen, dass auch Sie noch ein Pfand abgeben?«

»Ich werde mich einfach hinter Ihnen hineinschummeln«, sagte er. »Es werden ohnehin nur alle Sie ansehen.«

Valentina spürte, wie ihr Wärme in die Wangen stieg, und sie ärgerte sich darüber, dass er es vermochte, sie mit einem Kompliment zum Erröten zu bringen.

»Wir sind so weit!«, rief Lady Sutton von drinnen, und kurz darauf öffnete sie die Tür. »Kommen Sie herein.«

Tatsächlich gelang es dem Earl, relativ unbemerkt hinter Valentina in den Raum zu schlüpfen und sich so in einer Ecke zu verstecken, dass niemand sich veranlasst sah, ihm noch ein Pfand abzunötigen. Unter großem Hallo holte Valentina das erste Pfand aus dem Korb, einen breiten, achteckigen Goldring mit Blumenornamenten auf den Seitenflächen.

»Wem dieses Pfand gehört, der soll eine formvollendete Parodie von Colonel Ponsonby darbieten«, bestimmte Valentina, und Mr Moreleigh erhob sich.

Bereits kurze Zeit später hatte Valentina ihren ursprünglichen Widerwillen gegen das Pfänderspiel verloren. Solange man selbst bestimmten konnte, welche Opfer zu erbringen waren, um das Pfand zurückzuerhalten, war die Sache eigentlich recht amüsant. Auch Lady Oakfort war wieder zu ihnen gestoßen, nachdem sie die anderen Gäste verabschiedet hatte. So waren die Pfänder im Nu ausgelöst und die Runde beschloss, noch für einen Schlaftrunk zusammenzubleiben und sich dann zurückzuziehen, um für das Picknick und den Ball am folgenden Tag ausgeruht zu sein. Mit vom

Lachen erhitzten Wangen nahm Valentina neben Isabella auf dem Sofa Platz. Zufrieden stellte sie fest, dass der Sessel neben ihr frei blieb. Sie sah zu Lord L'Isle hinüber, doch der schien ihre stumme Aufforderung nicht zu bemerken. Ein Gefühl der Enttäuschung machte sich in ihr breit. Zu gern hätte sie sich weiter mit ihm unterhalten. Wenn sie ganz ehrlich war, musste sie sich eingestehen, dass er ihr gefiel. Sie betrachtete ihn eine Weile, wie er an den Kaminsims gelehnt stand, den Blick vage zum Fenster gerichtet, als ob er hinaussähe. Er war groß und athletisch, und doch hatte er etwas Sanftes und Nachdenkliches. Vielleicht waren es diese großen, braunen Augen, vielleicht auch die dunkle Locke, die ihm vorwitzig in die Stirn fiel. Sie hätte es nicht benennen können, und doch war da etwas, das sie auf unerklärliche Weise zu ihm hinzog. Als er den Kopf in ihre Richtung wandte, trafen sich für einen Moment ihre Blicke, und ein Lächeln breitete sich auf seinem Gesicht aus. Valentinas Herzschlag beschleunigte sich merklich, und ihr war plötzlich schrecklich warm. Isabella schien ihrem Blick gefolgt zu sein und sah sie mit gerunzelter Stirn an.

»Ist alles in Ordnung, Miss Day?«

»Ja, ja, selbstverständlich.« Rasch wandte Valentina den Blick von Lord L'Isle und lächelte. »Es geht mir gut, ich bin nur ein wenig müde.«

»Ich habe mich noch überhaupt nicht nach Ihrem Knöchel erkundigt«, sagte Isabella. »Er scheint sich wieder erholt zu haben.«

»Glücklicherweise«, entgegnete Valentina. »Die Ruhe und das Kühlen haben wohl gutgetan. Ich kann auch bereits wieder laufen. Allerdings fürchte ich, dass ich dennoch auf den Spaziergang morgen verzichten muss. Eine so weite Strecke möchte ich mir noch nicht zumuten. Vielleicht bleibe ich einfach in der Bibliothek und lese.«

»Unsinn!«, wehrte Isabella ab. »Sie müssen doch nicht auf das Picknick verzichten, nur weil Sie gerade nicht gut zu Fuß sind. Sie können einfach mit der Kutsche vorausfahren. Das Personal bringt das Essen, die Sonnensegel, Tische und Stühle dorthin. Es werden also ohnehin mehrfach Kutschen nach Folkton Grange und zurück fahren. Auf eine Fahrt mehr oder weniger kommt es da auch nicht an.«

»Das wäre wirklich sehr freundlich«, entgegnete Valentina. »Übrigens freue ich mich sehr, dass Sie sich offenbar auch wieder erholt haben.«

»Ja, es … war wohl nur ein vorübergehendes Unwohlsein«, sagte Isabella, doch etwas an ihrer Reaktion hinterließ bei Valentina den Eindruck, dass ihr das Thema unangenehm war.

»Das freut mich. Sonst hätten Sie womöglich noch auf den Ball verzichten müssen, den Ihre Tante, soweit ich das verstanden habe, besonders Ihnen zuliebe veranstaltet. Darauf freue ich mich auch ganz besonders.«

Mr Moreleigh kam zu ihnen herüber und deutete auf den freien Platz neben Valentina. »Ich hoffe, ich störe nicht. Dürfte ich mich setzen?«

»Aber natürlich«, entgegnete Valentina. »Nehmen Sie Platz. Ich sagte gerade zu Miss Foy, dass ich mich bereits auf den Ball morgen Abend freue. Lady Oakfort gibt sich wirklich Mühe, ihre Gäste gut zu unterhalten.«

»Dann darf ich möglicherweise hoffen, dass Sie mir einen Tanz reservieren, Miss Day?«, fragte Mr Moreleigh. »Leider hatten wir ja noch keine Gelegenheit, unser Gespräch von eben fortzusetzen.«

»Sehr gern, Mr Moreleigh. Die Unterbrechung tut mir leid, ich wollte eigentlich nur rasch etwas zu trinken holen und wurde dann aufgehalten.«

»Aber das macht doch nichts«, entgegnete Moreleigh. »So ist es eben auf einer Gesellschaft. Sie waren übrigens eine äußerst reizende und gerechte Spielleiterin, wenn ich das sagen darf.«

Valentina lachte. »Vielen Dank. Und das, obwohl ich Sie Colonel Ponsonby nachahmen ließ? Ihre Imitation war sehr lebensecht.«

»Es war mir ein Vergnügen.« Moreleigh lächelte. »Und man sagt doch, dass Imitation die aufrichtigste Form der Bewunderung ist.«

»Verzeihen Sie bitte«, sagte Isabella. »Ich denke, ich werde mich jetzt zurückziehen. Morgen ist ein langer Tag und ich sollte mich wohl noch etwas schonen.«

Für einen kurzen Augenblick regte sich in Valentina die Hoffnung, Lord L'Isle würde sich doch noch zu ihr gesellen, doch Lady Oakfort schien Isabellas Aufbruch als einen Wink zu begreifen und klatschte leise in die Hände.

»Meine lieben Gäste! Ich bin so dankbar, dass Sie alle gekommen sind und dass ich heute die Gelegenheit hatte, mit meinem lieben Augustus zu sprechen. Ich bin noch immer ganz beseelt von dieser Erfahrung. Und das habe ich alles unserer wunderbaren Madame Persephone zu verdanken. Vielen, vielen Dank, Madam. Wir werden uns von der Warnung nicht schrecken lassen. Wenn wir alle gut aufeinander achtgeben, bin ich sicher, dass wir beruhigt schlafen können. Ich wünsche Ihnen allen eine gute Nacht und freue mich auf den morgigen Tag mit Ihnen.«

Nachdem die Runde ihrer Gastgeberin Applaus gespendet hatte, zogen sich die Gäste auf ihre Zimmer zurück.

Auf dem Weg nach oben dachte Valentina über die seltsamen Ereignisse des Tages nach. Da gab es so vieles, das sie beschäftigte, angefangen bei Isabellas eigenartigem Verhalten und dem Brief, den sie heimlich verfasst und im Garten versteckt hatte. Sie musste an die Séance denken und den Energiestrom, den sie dabei verspürt hatte. Ob an der ganzen Sache doch etwas dran war? Und wenn ja, sollte sie die ominöse Warnung des Geistes dann nicht viel mehr beunruhigen? Schließlich war der gewaltsame Tod eines Menschen angekündigt worden. Dabei fiel ihr ein, dass Madame Persephone auch in ihren Karten eine Begegnung mit dem Tod gesehen hatte. Und dann war da noch dieser Zachariah. Sie konnte sich nicht mehr an die genauen Worte erinnern, aber hatte er nicht auch gesagt, der Tod sei an ihrer Seite? Ein Schauer lief ihr über den Rücken. Das konnten doch keine Zufälle sein, oder doch? Sie wollte sich nicht in eine irrationale Angst hineinsteigern, es gab schließlich keinen reellen Grund, sich zu ängstigen. Letztlich war es doch alles Hokuspokus, Wahrsagerei und das wirre Gerede eines alten Waldschrats. Und Madame Persephone hatte gesagt, sie müsse sich nicht fürchten, denn es sei nicht ihr eigener Tod, der in den Karten stünde. Dennoch war sie verunsichert. Am allermeisten allerdings beschäftigte sie Lord L'Isle.

Ihr fiel ein, dass Madame Persephone von einem Mann gesprochen hatte. Achilles. Der Mann, der ihrer Hilfe bedurfte und eine verletzliche Seite hatte, die er ihr nicht offenbaren konnte. Hatte sie ihn gemeint? Welche Rolle spielte er in all dem? Ihr Instinkt sagte ihr zwar, dass er keine Gefahr darstellte und sie ihm vertrauen konnte. Doch war sie sich inzwischen nicht mehr sicher, ob sie sich dabei nicht von ihren aufkeimenden Gefühlen für ihn leiten ließ. Er war charmant und sah gut aus, aber im Grunde wusste sie doch gar nichts über ihn, und Madame Persephone hatte davor gewarnt, Wissen mit Menschen zu teilen, denen man nicht vertrauen konnte.

Sie hatte am heutigen Abend noch keine Gelegenheit gehabt, die Ereignisse mit ihrer Arbeitgeberin zu besprechen, also beschloss sie, Madame Persephone vor dem Zubettgehen noch kurz aufzusuchen und zu fragen, was sie über den Verlauf der Séance dachte. Als sie vor der Tür angelangt war und gerade anklopfen wollte, hörte sie Stimmen aus dem Innern.

Dreizehn

Madame Persephones Gästesuite, Blackwell Heath,
am Abend des 14. Juni 1862

»DAS HABEN SIE ganz fabelhaft gemacht, mein lieber Stoker«, sagte Persephone und ging zum Fenster, um die Vorhänge zuzuziehen. »Ich glaube, es war recht überzeugend. Allerdings fürchte ich, dass es nötig gewesen wäre, etwas dicker aufzutragen, um eine Gruppe abgeklärter Spiritisten aus der Ruhe zu bringen. Jetzt können wir nur abwarten.«
Stoker nickte und gebärdete kurz.
»Sie haben recht. Es ist zum Auswachsen, dass wir nur solch unpräzise Informationen haben«, entgegnete sie.
»Vielleicht wäre nun doch der richtige Zeitpunkt, um ...«, begann Lord L'Isle.
»Nein, mein junger Freund«, wehrte Persephone ab. »Ich verstehe natürlich Ihre Ungeduld, aber wir müssen behutsam vorgehen. Sie ist zu wertvoll, und wir dürfen kein Risiko eingehen. Wir brauchen sie noch für unsere Zwecke. Allerdings habe ich den Verdacht, dass Sie ein anders motiviertes Interesse an der jungen Dame entwickelt haben. Seien Sie vorsichtig. Das könnte alles noch verkomplizieren.«
Der Earl räusperte sich. »Wie dem auch sei, wir können nicht ewig untätig bleiben. Ich bin das Warten leid.«

»Bitte gedulden Sie sich noch etwas, Mylord.«
Persephone sah ihn eindringlich an. »Ich
verspreche Ihnen, dass wir uns bald um Ihre
Belange kümmern werden, doch zunächst haben
wir dringendere Probleme. Haben Sie etwas
herausfinden können? Die Nachricht war ja recht
vage.«

»Nichts Genaues, aber ich bin mir sicher, dass da
irgendetwas vor sich geht und dass wir die richtige
Person ins Auge gefasst haben«, entgegnete Lord
L'Isle. Mr Stoker nickte und ließ seine Finger
sprechen.

»Sehr richtig, Stoker«, stimmte Persephone zu.
»Entscheidend ist, dass niemand Verdacht schöpft.
Sie sollten daher sehr vorsichtig sein,
insbesondere, was Miss Day betrifft.«

»Bisher habe ich nicht den Eindruck, dass
irgendjemand etwas bemerkt hat.« Lord L'Isle rieb
sich den Nacken. »Bei diesem Zachariah bin ich
mir allerdings nicht sicher. Bei ihm weiß ich nicht,
inwieweit er etwas ahnt oder ob er bloß nicht mehr
alle Tassen im Schrank hat.«

Stoker formte mit den Fingern eine Antwort, und
Persephone nickte. »Sie haben vollkommen recht,
Stoker. Das ist in der Tat möglich. Wir sollten ihn
auf jeden Fall im Auge behalten, auch wenn ich
bezweifle, dass man ihn besonders ernst nehmen
wird. Und Sie kümmern sich derweil um Miss
Day.« Persephone machte eine Pause und sah Lord

L'Isle amüsiert an. »Aber ich denke, das wird Ihnen nicht allzu schwerfallen.«

Vierzehn

VALENTINA STAND DA wie vom Donner gerührt. Sie versuchte, zu begreifen, was sie da eben gehört hatte. Eilig machte sie kehrt und ging in ihr Zimmer, wo sie sich aufs Bett fallen ließ, um nachzudenken.

Eine Vielzahl Fragen wirbelte durch ihren Kopf, auf die sie keine Antwort finden konnte. Offenbar war es Stoker gewesen, der mit dieser eigenartigen Stimme gesprochen hatte. Aber wie? War sein Mutismus nur vorgegaukelt? Aber warum sprach er dann nicht, wenn er sich mit Madame Persephone und Lord L'Isle allein wähnte? Was hatten er und Mrs Lyness mit der Prophezeiung bezwecken wollen? Angeblich hatten sie gehofft, die Spiritisten damit »aus der Ruhe zu bringen«. Aber wozu? Was nützte es Mrs Lyness, wenn sie die Gäste verängstigte? War sie womöglich die Art Betrügerin, die gegen Geld versprach, einen vermeintlichen Fluch mit einem Talisman oder Bannspruch aufzuheben? Aber sie hatte doch von niemandem Geld verlangt oder behauptet, das angekündigte Unglück abwenden zu können. Ging es möglicherweise nur darum, ihren Ruf in der Gemeinschaft der Spiritisten zu festigen und ihren Ruhm zu vermehren? Schließlich war Lady Oakfort eine einflussreiche Figur in diesen Kreisen und Herausgeberin des *Spiritualist Quarterly*. Ein

Bericht über eine spektakuläre Manifestation konnte die Leser einer solchen Publikation gewiss beeindrucken. Das wäre kostenlose Werbung.

Weit größere Sorgen bereitete ihr allerdings die Frage, wer die *junge Dame* war, die das Trio angeblich noch für seine Zwecke benötigte. War damit sie gemeint? Oder hatte es sich auf Isabella bezogen? Und da war noch etwas, was sie an dem belauschten Gespräch beunruhigte. Sie konnte bloß noch nicht ganz fassen, was es war. Noch einmal ließ sie das Gehörte in ihrer Erinnerung Revue passieren. Plötzlich durchfuhr es sie wie ein Blitz. Aber natürlich! Das war es! Jetzt wusste sie, warum ihr Lord L'Isles Stimme bei ihrem ersten Treffen so vertraut erschienen war. Sie hatte sie schon einmal gehört, ebenfalls gedämpft durch eine geschlossene Tür. Er war es gewesen, mit dem Madame Persephone sich an dem Morgen in der Bibliothek unterhalten hatte, als Valerian sie und Evelyn zur Westminster Bridge mitgenommen hatte. Sie versuchte, sich an den Inhalt des Gesprächs zu erinnern.

Auch damals hatte Madame Persephone ihn ermahnt, Geduld zu haben. Valentina war sich nicht sicher gewesen, ob sie sich nicht verhört hatte und ob die beiden tatsächlich von ihr gesprochen hatten. Sie sei »noch nicht bereit«, hatte Mrs Lyness damals gesagt. Nun war Valentina überzeugt, dass sie selbst gemeint gewesen war. Sie erinnerte sich, dass Lord L'Isle damals gefragt hatte, ob sie sei, »wonach sie gesucht« hätten. Auch in dem eben gehörten Gespräch hatte Mrs Lyness gesagt, dass sie Valentina für »ihre Zwecke« benötigten. Was heckten die drei aus, und welche Rolle hatten sie ihr in ihren Plänen zugedacht?

Wenn sie doch nur wüsste, wem sie sich anvertrauen konnte!

Hüten Sie sich davor, Ihr Wissen mit Menschen zu teilen, denen Sie nicht vollständig vertrauen. Wissen ist Macht, und die Mächtigen sind stets in Gefahr.

Das waren Madame Persephones Worte gewesen. Offenbar hatte sie mit dieser Prophezeiung recht behalten. Warum allerdings sprach sie eine solche Warnung aus, wenn die Gefahr für Valentina von ihr selbst und ihren Plänen ausging? Es war alles zu verwirrend. Sie war es gewohnt, ihren Instinkten vertrauen zu können. Für gewöhnlich hatte sie ein gutes Gespür dafür, wer ihr Vertrauen verdiente. Allerdings hatte der Verrat ihres Vaters den Glauben an ihre eigene Menschenkenntnis nachhaltig erschüttert. Wenn jemand, der ihr so nahestand, sie derart hatte täuschen können, war es darum doch nicht so gut bestellt, wie sie gedacht hatte.

Im Nachhinein hatten ihre Mutter, ihre Brüder und sie viele kleine Zeichen entdeckt. Damals waren sie allesamt unverdächtig und harmlos erschienen. In der Summe betrachtet hätten diese Kleinigkeiten sie möglicherweise hellhörig werden lassen können, doch das ließ sich hinterher immer leicht sagen. Wer von ihnen hätte ihrem Vater diese Niedertracht zugetraut?

Wem konnte sie sich also in dieser Sache anvertrauen? Lady Oakfort war freundlich, doch sie hatte die Hausparty und die Séance initiiert und war sowohl mit Mrs Lyness als auch mit Lord L'Isle bekannt und hatte beide in ihr Haus eingeladen. Die übrigen Mitglieder des spiritistischen Zirkels kannte sie nicht gut genug. Blieb noch Isabella, doch die schien ebenfalls etwas zu verbergen, und möglicherweise stand auch sie irgendwie mit Lord L'Isle in Verbindung. Schließlich hatte sie die geheime Nachricht im Garten offenbar für ihn hinterlassen. Hatte er eben nicht auch von einer Nachricht gesprochen? Ihre Gedanken begannen, sich im Kreis zu drehen, und die Grübelei führte zu keinem brauchbaren Ergebnis.

Sie beschloss, sich etwas Schlaf zu gönnen. Am Montag würden sie die Rückreise nach London antreten. Es galt also vorerst nur, bis dahin wachsam zu bleiben und die Augen offen zu halten. Wenn sie zurück in London wäre, könnte sie sich immer noch überlegen, ob sie weiter für Madame Persephone arbeiten wollte.

Ein spitzer Schrei riss Valentina aus dem Schlaf. Sie fuhr hoch und lauschte. Da! Noch einmal. Was war das? Sofort fiel ihr Madame Persephones

Warnung wieder ein und ihr Herz trommelte wild gegen ihre Rippen. War das womöglich der angekündigte gewaltsame Tod? Eilig entzündete sie die Lampe und schlüpfte in den Morgenrock. Dann steckte sie vorsichtig den Kopf aus der Zimmertür. Auf dem Flur wurden weitere Türen geöffnet. Offenbar hatten auch andere den Schrei gehört und wollten nachsehen, was da vor sich ging.

Oben an der Brüstung, die das zentrale Treppenhaus überblickte, stand eine weiße Gestalt mit zerzaustem Haar. Sie warf immer wieder ihre dürren Arme in die Luft und schrie. »Der Teufel! Ganz schwarz mit einem roten Gesicht und langen Hörnern. Ich habe ihn gesehen. Er war hier. Wollte unsere Bella holen! Der Teufel!«

Valentina atmete aus. Es war wohl nur Mrs Bucknell, die ihrer Pflegerin davongelaufen war.

»Wollte in ihr Zimmer schleichen. Wollte unsere Bella holen«, rief Mrs Bucknell. Wild gestikulierend deutete sie auf die Treppe unterhalb der Brüstung. »Geschrien habe ich. Und da ist der Unhold davon. Da herunter. Da ist er hingelaufen!«

Inzwischen hatte sie mit ihrem Gezeter das halbe Haus geweckt, und es entstand ein wildes Durcheinander. Männer mit Lampen liefen ins untere Geschoss und suchten dort nach dem vermeintlichen Eindringling. Unter ihnen entdeckte Valentina einige der Hausgäste und eine Reihe Bediensteter. Sie war sich sicher, Colonel

Ponsonby und Mr Stoker erkannt zu haben. Die Schwester Mrs Hesketh war herbeigeeilt und kümmerte sich um die aufgewühlte Mrs Bucknell, die noch immer schrie und zeterte, sich aber langsam beruhigte.

Valentina band den Gürtel ihres Morgenrocks zu und überquerte die Galerie, die zu dem gegenüberliegenden Flur führte, auf dem sich Isabellas Zimmer befand. Doch noch bevor sie die Tür erreicht hatte, öffnete sich diese und Isabella erschien blass und verwirrt im Flur.

»Großtante Harriet!«, rief sie und ging auf Mrs Bucknell zu. »Was ist denn nur los?«

»Er war hier! Der Teufel! Er wollte dich holen!«, rief die alte Dame.

»Aber nein, beruhige dich doch«, sagte Isabella und nahm die Hand ihrer Großtante. »Niemand wird mir etwas tun. Es ist alles gut.«

Mrs Bucknell ließ sich von Isabella und Hesketh beruhigen und zurück zu ihrem Zimmer führen, und allmählich löste sich die nächtliche Versammlung wieder auf. Offenbar war auch die Suche der Männer im unteren Geschoss erfolglos geblieben, denn Valentina sah Colonel Ponsonby und Mr Moreleigh die Treppe heraufkommen.

»Gehen Sie beruhigt wieder schlafen, Miss«, sagte Moreleigh. »Dort unten war niemand. Die arme Mrs Bucknell. Sie ist eben vollkommen verwirrt.«

»Eine Tragödie«, pflichtete Colonel Ponsonby ihm bei. »Ich kenne sie noch von früher. Ein Verstand scharf wie ein Flint, sehr belesen und äußerst kultiviert. Eine grausame Laune der Natur, dass wir im Alter oftmals wieder zu Kindern werden.«

»Sie sagen es. Gute Nacht, Ponsonby. Gute Nacht, Miss Day. Ich hoffe, dass Sie nach der Aufregung noch etwas schlafen können.«

»Bitte verzeihen Sie die Unannehmlichkeiten, die Ihnen der Wirbel um meine arme Mama gestern Nacht bereitet hat«, verkündete Lady Oakfort am nächsten Morgen beim Frühstück. »Möglicherweise werden wir doch nicht umhinkönnen, sie in ein Sanatorium zu bringen. Ich hatte gehofft, ihr das ersparen zu können, weil ich glaube, sie ist bei ihrer Familie besser aufgehoben.«

»Aber es ist doch nichts geschehen, Mylady«, entgegnete Valentina. »Machen Sie sich keine Gedanken.«

»Ich finde auch, Sie sollten diese nächtliche Störung nicht überbewerten«, meinte Lady Sutton. »Solange Ihre Mutter keine Gefahr für sich und andere darstellt, ist sie meiner Meinung nach im Schoße ihrer Familie besser aufgehoben als in einer Institution. Und Hesketh kümmert sich doch ausgezeichnet um sie.«

»Vielleicht haben Sie recht, Mylady.« Die Dowager Countess lächelte. »Ich bin sehr dankbar, in Ihnen so verständnisvolle Hausgäste zu finden.«

»Wir sollten die Alten stets mit Respekt behandeln, wir verdanken ihnen so viel«, sagte Mr Moreleigh. »Und wenn der Zeitpunkt kommt, an dem wir uns revanchieren können, sollten wir es tun, nicht wahr?«

»Das haben Sie sehr schön gesagt, Moreleigh. Vielen Dank.« Lady Oakfort sah beruhigt aus und schaute dankbar in die Runde.

»Wo wir gerade von alten Leuten sprechen, Mylady, bei meinem Spaziergang neulich bin ich einem alten Mann begegnet, der sich Zachariah nannte«, sagte Valentina. Sie hatte bisher keine Gelegenheit gehabt, Lady Oakfort nach dem eigentümlichen Alten zu fragen. »Ist er ein Pächter?«

Lady Oakfort lachte. »So etwas Ähnliches. Sehen Sie, als der alte Lord Oakfort, Augustus' Vater, Blackwell Heath von seinem Vater übernahm, hat er umfangreiche Umbauten und eine Umgestaltung des Geländes veranlasst. Er ließ unter anderem den See und das Tempelchen anlegen. Es waren dekadentere Zeiten damals während der Regentschaft, möchte ich meinen. Jedenfalls gefiel ihm der Gedanke einer Eremitage. Also ließ er am Waldrand eine bescheidene Hütte bauen und stellte einen jungen Wanderprediger ein, steckte ihn in eine Mönchskutte und ließ ihn dort als Eremiten leben. Zu vereinbarten Zeiten musste er sich auf dem Gelände zeigen. Ein Schmuckeremit war damals nichts Ungewöhnliches.«

»Und der Wanderprediger war dieser Zachariah, nehme ich an?«, fragte Valentina.

»Damals war er noch ein junger Mann«, erklärte Lady Oakfort. »Nun, eigentlich hielt Augustus nichts davon, sich einen Eremiten zu halten wie einen Schoßhund oder einen Papagei, aber als er Blackwell Heath schließlich erbte, wohnte Zachariah schon so lange dort und wollte nicht fort. Also ließ er ihn weiter dort hausen und zahlt seinen Lohn. Der Alte ist recht beliebt bei den Pächtern. Er kennt sich mit Kräutern aus und hilft ihnen im Garten und mit den Tieren. Er ist nicht mehr so kräftig, aber er packt noch immer hier und da mit an. Ein komischer Kauz, aber freundlich und hilfsbereit.«

»Interessant«, sagte Valentina. »Wo befindet sich die Eremitage? Wenn der Weg nicht zu weit ist, würde ich sie nämlich gern sehen. Würde ich es noch rechtzeitig vor dem Aufbruch schaffen?«

»Oh, natürlich. Es ist nicht weit. Wenn Ihr Knöchel es mitmacht, sind Sie auf jeden Fall rechtzeitig zurück. Die Eremitage liegt direkt am Waldrand, wenn Sie am Haus des Verwalters vorbeigehen. Insbesondere der Garten ist sehr sehenswert. Zachariah hat wahrlich einen grünen Daumen.«

Gleich nach dem Frühstück machte Valentina sich auf den Weg. Sie war zu dem Entschluss gekommen, den merkwürdigen Vorgängen auf den Grund zu gehen, und sie hoffte, den Alten fragen zu können, was er mit seiner eigenartigen Warnung neulich im Wald gemeint hatte.

Hinter dem Haus des Verwalters lag eine ausgedehnte Streuobstwiese, durch die sich ein schmaler Pfad schlängelte, der zu einer recht malerischen Hütte am Waldrand führte. Sie war aus dicken Holzbohlen gebaut, und das moosbewachsene Reetdach trug am Giebel oben ein Türmchen, sodass das Gebäude ein wenig an eine kleine Kapelle erinnerte. Davor lag ein üppig bewachsener, mit Weidengeflecht eingezäunter Küchengarten, in dem allerhand Kräuter, Gemüse und Blumen wuchsen. Die scheinbare Unordnung hatte allerdings System, das konnte auch Valentina erkennen, die selbst vom Gärtnern nichts verstand. Vor den Fenstern mit ihren dicken, runden Butzenscheiben hingen Blumenkästen, in denen neben diversen Kräutern leuchtend blühende Kapuzinerkresse bis zum Boden herabrankte. Die Hütte, der wuchernde Garten und der kleine, windschiefe Gartenschuppen hatten etwas Verwunschenes. Obwohl Lady Oakfort nur lobende Worte über Zachariah gefunden hatte, war Valentina mulmig zumute, als sie vor der Gartenpforte stehen blieb.

»Hallo? Zachariah? Sind Sie zu Hause?«, rief sie. Aus dem Schuppen neben dem Häuschen drang ein Klappern, und der Alte steckte den Kopf zur Tür heraus. Er runzelte die Stirn und sah sie prüfend an, dann breitete sich ein Lächeln auf seinem Gesicht aus.

»Ach, Sie sind es. Die junge Miss aus dem Wald«, sagte er. »Wollen wohl doch hören, was der alte Zachariah Ihnen zu sagen hat, was?«

»Da haben Sie recht«, entgegnete sie. »Es tut mir leid, dass ich so abweisend war, aber Sie haben mich erschreckt. Mein Name ist Valentina Day. Ich bin Hausgast bei Lady Oakfort. Darf ich hereinkommen?«

»Natürlich. Ein alter Zausel wie ich bekommt doch gern einmal Besuch von einer hübschen jungen Dame. Diese Woche meint es das Schicksal gut mit mir. Gestern erst war die andere junge Dame bei mir.«

»Miss Foy? Lady Oakforts Nichte?«, fragte Valentina erstaunt.

»Sie hat mir Sülze und Gebäck vorbeigebracht und ist auf einen Tee geblieben«, sagte der Alte. »Kommen Sie nur herein, Miss Day. Dann werde ich uns auch einen schönen Tee aufbrühen. Meine besondere Mischung. Melisse, Lavendel, Monarde und Himbeerblätter.«

»Das ist sehr freundlich, vielen Dank. Allerdings kann ich nicht lang bleiben, wir wollen am späten Vormittag zu einem Picknick aufbrechen.« Valentina folgte dem Alten in die Stube. Kräuterbündel, Würste und Schinken hingen von der Decke in der Küche, es gab einen langen, gescheuerten Holztisch, eine Bank und grobe

Schemel und einen Kamin, der offenbar auch als Kochstelle diente. Mit einem Haken hängte der Alte einen Wasserkessel über das Feuer und holte einen Steinguttopf aus dem Regal, aus dem er großzügig Kräuter in eine tönerne Kanne gab.

»Es tut mir leid, wenn ich Sie neulich erschreckt habe«, sagte Zachariah und stellte zwei schlichte Becher auf den Tisch. »Das war nicht meine Absicht.«

»Warum sagten Sie, der Tod wandle an meiner Seite? Glauben Sie, dass Lord L'Isle gefährlich ist?«, fragte Valentina ohne Umschweife.

Der Alte hob die Augenbrauen. »Lord L'Isle?«

»Mein Begleiter an jenem Tag im Wald. Sie erinnern sich.«

Zachariah runzelte die Stirn und sah einen Augenblick verwirrt aus. Dann schüttelte er den Kopf. »Manchmal habe ich ... Ich habe bisweilen Visionen, wissen Sie? Vielleicht bin ich auch verrückt. Wer weiß das schon? Dann ist dieser Lord L'Isle auch ein Hausgast, nehme ich an?«

»Ja, das ist er. Kennen Sie ihn nicht? Er sagte, er wäre oft hier auf Blackwell Heath.«

»Hat sich mir noch nicht vorgestellt«, brummte der Alte, holte den Kessel aus dem Feuer und brühte den Tee auf.

»Hab mir eingebildet, der Tod geht an Ihrer Seite«, sagte Zachariah und stellte die Kanne auf den Tisch. »Sie müssen nichts drauf geben. Bisweilen rede ich wirres Zeug. Bin wohl zu viel allein.«

»Aber gestern hatten Sie Besuch«, warf Valentina ein.

»Sehr nett, die junge Miss«, murmelte Zachariah. »War sehr interessiert an meinem Garten und den Kräutern. Wollte alles Mögliche wissen. Was gegen Kopfweh hilft oder gegen Durchfall. Was man bei Fieber anwenden kann. Und dann wollte sie wissen, wo Rainfarn wächst und Polei.«

»Sie hat sich nach Kräutern erkundigt?«, fragte Valentina.

»Ja, sie sagte, sie möchte beim Herrenhaus auch einen Kräutergarten anlegen«, entgegnete Zachariah. »Gegen beinahe alles ist ein Kraut gewachsen, sage ich immer.«

Nachdem sie etwas Tee getrunken hatte, machte sich Valentina auf den Rückweg. Dabei dachte sie über die Unterhaltung mit Zachariah nach. Eigenartig, aber Isabella war ihr nicht gerade wie eine Person erschienen, die sich für das Gärtnern oder für Wildkräuter begeistern konnte. Sie konnte doch kaum abwarten, dem Landleben den Rücken zu kehren und nach London zu kommen. Abgesehen davon war es höchst merkwürdig, dass sie sich ausgerechnet den gestrigen Tag ausgesucht hatte, um sich bei Zachariah nach der Heilwirkung von Kräutern zu erkundigen. Hatte sie nach einem Mittel gegen ihr Unwohlsein gesucht oder steckte womöglich etwas anderes dahinter? Eine plötzliche Eingebung führte Valentina in die

Bibliothek. Sie suchte die Regale ab und zog schließlich einen vielversprechenden Band heraus, die »Enzyklopädie der Kräuterkunde«.

Valentina blätterte und las. Das war ja höchst interessant. Rainfarn und Polei, danach hatte sich Isabella im Besonderen erkundigt und wissen wollen, wo sie wuchsen. Beide Kräuter fanden Verwendung, um die Monatsblutung herbeizuführen. Damit wurden sie seit dem Altertum auch dazu benutzt, die Leibesfrucht auszutreiben.

Konnte das bedeuten, dass Isabella ein Kind erwartete? Das wäre auch eine Erklärung für die plötzliche morgendliche Übelkeit und ihr eigenartiges Verhalten. Aber wenn sie tatsächlich schwanger war, wer war dann der Vater des Kindes? War die geheime Nachricht, die sie verfasst hatte, für ihn bestimmt gewesen? Valentina wurde gleichzeitig heiß und kalt. Konnte es sein, dass Lord L'Isle ...? Immerhin hatte er den Brief aufgehoben und gelesen. Doch wenn er ein heimliches Verhältnis mit Isabella hatte, hätte er wohl kaum mit Madame Persephone und Mr Stoker darüber gesprochen. Und Mrs Lyness hatte ausdrücklich eine Nachricht erwähnt. Es blieb mysteriös. Waren die drei möglicherweise einer versteckten Liaison auf die Schliche gekommen und hofften, Isabella oder ihren Liebhaber mit diesem Wissen erpressen zu können? Sie hatten davon gesprochen, dass niemand Verdacht schöpfen durfte. Zachariah hatten sie auch erwähnt. Offenbar hatten sie Angst, er könnte ihnen gefährlich werden. Ob sie wussten, dass Isabella ihn aufgesucht hatte?

Wie allerdings passte Valentina selbst in all das hinein? Es war in dem Gespräch eindeutig um sie gegangen, und Madame Persephone hatte gesagt, dass sie Valentina für »ihre Zwecke« benötigten. Damit konnte unmöglich eine Erpressung gemeint sein. Dafür brauchten sie keine Hilfe, im Gegenteil, ein weiterer Mitwisser wäre doch nur hinderlich. Nein. Es musste noch etwas anderes dahinterstecken, und Valentina sollte verdammt sein, wenn sie es nicht herausbekommen würde.

Fünfzehn

Blackwell Heath, am Vormittag des 15. Juni 1862

»DA IST AUCH schon die Kutsche«, stellte Lady Oakfort zufrieden fest. »Sie fahren ganz bequem mit Eddowes voraus, setzen sich unter das Sonnensegel und warten, bis wir anderen zu Fuß nachkommen. Ich habe den Kutscher angewiesen, eine etwas längere Route zu nehmen, die landschaftlich schöner ist, dann müssen Sie auch nicht so lange auf uns warten. Mr Moreleigh wird Sie begleiten. Offenbar hat er sich gestern bei der Jagd nach dem angeblichen nächtlichen Eindringling das Knie verdreht und ist auch noch nicht so gut zu Fuß. Dann haben Sie außerdem etwas Gesellschaft und langweilen sich nicht.«

Valentina sah zu, wie die eifrige Hausdame noch einige Körbe und Kisten verstaute und dann zum Kutscher auf den Bock kletterte. Dann ließ sie sich von Mr Moreleigh in die Kutsche helfen. Als dieser schließlich ihr gegenüber Platz genommen hatte, rollte die Kutsche los.

»Herrliches Wetter für ein Picknick«, kommentierte Mr Moreleigh, als sie am Ufer eines Flüsschens entlang durch das Tal fuhren. »Sie kommen aus London, nicht wahr? Sind Sie zum ersten Mal in Yorkshire?«

»Eigentlich stamme ich aus Sussex«, entgegnete Valentina. Das Thema war ihr unangenehm. Sie wollte nicht erklären müssen, wie sie bei Madame

Persephone gelandet war. Sie wandte den Blick auf die Landschaft. »Nun ja, aber dann habe ich die Stelle in London angetreten.«

»Ich wollte nicht neugierig erscheinen«, sagte Moreleigh und räusperte sich. »Lady Shillingham erwähnte gestern, dass Sie Lord Marksburys Tochter sind.«

Valentina sah ihn erschrocken an.

»Nein, bitte lassen Sie sich nicht beunruhigen.« Moreleigh lächelte. »Ich wollte Ihnen nur sagen, wie leid es mir tut, was Ihnen widerfahren ist. Schließlich war es nicht Ihre Schuld.«

Valentina lächelte. »Vielen Dank. Ich weiß das zu schätzen.«

»Es ist einfach nicht einzusehen, dass die eigene Familie dem persönlichen Glück derart im Wege stehen soll.« Moreleigh seufzte. »Leider befinde auch ich mich nicht in der Lage, mein Leben so zu führen, wie ich es mir wünsche.«

»Oh, das tut mir leid«, entgegnete Valentina. »Was hindert Sie daran? Als Mann sollten Ihnen doch alle Wege offen stehen.«

Er lachte kurz auf und fuhr sich mit der Hand durch das dunkle Haar. »Das sollte man meinen, ja. Allerdings bin ich der jüngste von drei Söhnen und leider finanziell nicht unabhängig. Mein Schicksal liegt ganz in der Hand meines Onkels mütterlicherseits. Leider ist er sich dieser Tatsache nur zu bewusst und nutzt sie, um meine sämtlichen Entscheidungen zu kontrollieren. Aber was will man machen? Man kann sich die Familie nicht aussuchen, nicht wahr?«

»Da haben Sie recht«, entgegnete Valentina. »Allerdings habe ich es im Großen und Ganzen mit meiner Familie gut getroffen. Bis auf ... nun ja, Sie wissen schon.«

Er lächelte ihr aufmunternd zu. »Man muss wohl einfach lernen, die Karten, die einem das Schicksal ausgeteilt hat, vorteilhaft auszuspielen.«

»Ich wünsche Ihnen jedenfalls, dass Sie einen Weg finden, es Ihrem Onkel recht zu machen und trotzdem glücklich zu werden«, sagte Valentina.

»Vielen Dank, Miss Day. Das wünsche ich mir auch.«

Allmählich ließ die innere Anspannung nach, die Valentina an diesem Morgen empfunden hatte. Die vielen Fragen, die in ihrem Kopf herumspukten, traten in den Hintergrund, und sie konnte die Fahrt durch die sonnigen Wiesen genießen. Blühender Färberginster tupfte gelbe Flecke in die grüne Landschaft, und am Himmel segelten gemächlich ein paar weiße Wolken durch sommerliches Blau.

»Vorausgesetzt, mein Knie macht mir keinen Strich durch die Rechnung, dürfte ich so frech sein und Sie bitten, mir bereits jetzt den Walzer zu reservieren?«, fragte Mr Moreleigh. »Ich möchte nicht riskieren, dass mir jemand zuvorkommt.«

»Ich glaube, da haben Sie nicht viel zu befürchten.« Valentina lachte. »Bisher gab es jedenfalls noch keine Anfragen. Sie dürfen also auf den Walzer zählen.«

»Das freut mich außerordentlich«, entgegnete Moreleigh. »Ich muss Sie allerdings warnen, dass ich kein besonders eleganter Tänzer bin. Allerdings mache ich die mangelnde Grazie durch Enthusiasmus wett.« Charmante kleine Lachfältchen kräuselten sich um seine hellblauen Augen.

»Das ist mir allemal lieber als umgekehrt. Es gibt nichts Schlimmeres als einen leidenschaftslosen Tänzer.«

»Dann freue ich mich ganz besonders auf den heutigen Abend.«

Die Unterhaltung mit Mr Moreleigh war so kurzweilig, dass es Valentina vorkam, als wären sie nur wenige Minuten unterwegs gewesen, als sie schließlich in Folkton Grange ankamen.

Lady Sutton hatte einen hübschen Platz unter Bäumen für das Picknick ausgesucht. Auf dem Rasen waren Tore für das Krocketspiel gesteckt worden und die mit weißen Tüchern gedeckten Tische bogen sich unter köstlichen Speisen und Getränken.

»Erlaubt Ihr Knöchel wohl einen kleinen Spaziergang durch den Park?«, fragte Mr Moreleigh.

»Ich denke schon. Möglicherweise hätte ich auch nicht die Kutsche nehmen müssen, aber ich wollte vorsichtig sein. Und Ihr Knie?«

»Das fühlt sich schon viel besser«, entgegnete er und lächelte. »Möglicherweise hat die Aussicht auf einen Walzer mit Ihnen die Heilung beschleunigt.« Valentina spürte, wie sie errötete, und sie wandte sich kurz ab, um ihren Sonnenschirm zu öffnen.

Sie gingen unter schattigen Bäumen hindurch bis zu einer Mauer, in die ein schmiedeeisernes Tor eingelassen war. Hinter dem Tor begann der formale Garten, und man konnte das Herrenhaus sehen, einen kastigen Bau mit mehreren Seitenflügeln und weißen Fensterrahmen. Die rote Ziegelfassade leuchtete in der Sonne.

»Es muss aufregend sein, für Madame Persephone zu arbeiten«, meinte Mr Moreleigh. »Sie ist eines der begabtesten Medien Großbritanniens und eine echte Berühmtheit.«

»Ich fürchte, ich muss Sie enttäuschen«, entgegnete Valentina. »So spannend ist es bisher nicht. Ich muss auch gestehen, dass ich all dem recht skeptisch gegenüberstehe.«

»Dann halten Sie das, was wir gestern gesehen und gehört haben, für Tricks?«, fragte Moreleigh.

»Ehrlich gesagt weiß ich nicht so genau, was ich davon halten soll.« Valentina war einen Augenblick lang versucht, Moreleigh ins Vertrauen zu ziehen und ihm von dem belauschten Gespräch zu erzählen. Allerdings verwarf sie den Gedanken gleich wieder. Er war Mitglied eines spiritistischen Zirkels und offenbar voller Bewunderung für Mrs Lyness.

»Wir leben in einem gesegneten Zeitalter«, sagte Moreleigh. »Unsere Wissenschaft entdeckt so vieles, das unseren Vorfahren verborgen blieb. Sie eröffnet vollkommen neue Möglichkeiten. Das fasziniert mich. Unsere Großeltern hätten sich kaum vorstellen können, wie bequem wir heute mit Dampfkraft reisen können. Warum also sollte die Wissenschaft nicht auch das letzte Rätsel der Menschheit lösen können?«

»Mit Glöckchen und Akkordeons?« Die sarkastische Bemerkung war Valentina entschlüpft, bevor sie darüber nachdenken konnte.

Moreleigh lachte. »Ja, notfalls auch mit Glöckchen und Akkordeons. Viele Erfindungen bedienten sich zunächst kruder selbstgebastelter Instrumente. Ich bin sicher, dass die Methoden unserer Wissenschaft mit der Zeit ausgefeilter werden. Die Erforschung der metaphysischen Welt steht eben noch ganz am Anfang.«

Valentina schwieg. Zwar waren seine Argumente durchaus überzeugend, doch sie musste an das Gespräch am Vorabend denken. Zumindest die geisterhafte Prophezeiung am Ende der Séance war nichts als eine geschickte illusionistische Darbietung gewesen. Doch das wollte sie vorerst lieber für sich behalten.

Als sie zum Picknickplatz zurückkehrten, waren inzwischen auch die anderen eingetroffen. Weitere

Gäste kamen mit Kutschen, und Lady Oakfort huschte geschäftig umher, um alle zu begrüßen.

Valentina entdeckte Mr Stoker und Madame Persephone unter den Gästen und wollte sich gerade unter einem Vorwand von Mr Moreleigh verabschieden, um ihnen aus dem Wege zu gehen, aber Madame Persephone hatte sie bereits entdeckt und kam auf sie zu.

»Miss Day!«, rief sie. »Wie geht es Ihnen? Ich habe Sie seit der Séance ja kaum zu Gesicht bekommen.«

»Ich habe mir die Gegend angesehen.« Valentina versuchte, ihre Unsicherheit mit einem Lächeln zu überspielen. Sie war nicht so gut darin, sich zu verstellen. Mit ihrem Feingespür musste Mrs Lyness ihr Misstrauen bemerken.

»Vielen Dank für Ihre Aufzeichnungen.« Die frostgrauen Augen richteten sich prüfend auf Valentina. »Ich fand sie sehr hilfreich, um den Abend noch einmal Revue passieren zu lassen. Was machen Sie aus der Botschaft, die ich in Trance empfangen habe?«

»Ich weiß nicht«, entgegnete Valentina zögerlich. »Ich neige dazu, dem Colonel recht zu geben und ihr nicht allzu viel Bedeutung beizumessen. Wir würden uns nur verrückt machen.«

Sie las ab, was Mr Stokers Finger in die Luft zeichneten.

»Natürlich, Stoker. Sie haben recht, es kann nicht schaden, wachsam zu bleiben, aber meiner

Meinung nach bedarf es keiner geisterhaften Warnung, um unnötige Risiken zu vermeiden. Gesunder Menschenverstand ist in dieser Hinsicht meines Erachtens hilfreicher.«

Ihre Antwort entlockte Stoker ein Lächeln, und er nickte.

»Ist Ihnen denn abgesehen von dem nächtlichen Schrecken, den uns Mrs Bucknell beschert hat, irgendetwas Ungewöhnliches aufgefallen?« Noch immer ruhte Mrs Lyness' prüfender Blick auf Valentina. »Möglicherweise jemand, der sich seltsam verhalten hat? Irgendetwas, das Ihnen befremdlich vorkam?«

»Nein. Nein, nichts Außergewöhnliches«, log Valentina. Ihre Gedanken rasten. Worauf wollte Mrs Lyness hinaus? Ahnte sie, dass Valentina sie belauscht hatte?

In diesem Augenblick kam Lady Oakfort auf die Gruppe zu. »Miss Day, Mr Moreleigh, da sind Sie ja. Unsere beiden Kriegsversehrten. Dann hat wohl alles funktioniert wie geplant. Was machen Knie und Knöchel?«

»Vielen Dank, schon wieder wesentlich besser«, antwortete Moreleigh für sie beide. »Wir haben eben bereits einen kleinen Spaziergang gewagt und uns die Gärten und das Herrenhaus angesehen.«

»Das freut mich sehr zu hören, Moreleigh«, entgegnete Lady Oakfort. »Wenigstens eine gute Nachricht. Das erfüllt mich mit Hoffnung. Ich befürchte, dass unser Treffen bisher unter keinem guten Stern steht. Zuerst vertritt sich Miss Day den Fuß, dann diese schauderhafte Prophezeiung und die Aufregung wegen meiner Mutter, und Sie verletzten sich auch noch das Knie.«

»Wie geht es Ihrer Nichte?«, erkundigte sich Mrs Lyness. »Sie erscheint mir noch immer etwas blass. Es wird doch wohl nichts Ernstes sein?«

Lady Oakfort senkte die Stimme. »Ehrlich gesagt mache ich mir ein wenig Sorgen, dass sie die Séance und die Sache mit meiner Mutter gestern Nacht verstört haben könnten. Als kleines Mädchen hatte sie fürchterliche Angst vor dem Teufel. Kein Wunder. Meine Schwester ist extrem pietistisch, hat den armen Kindern immer mit Tod, Teufel und Fegefeuer gedroht.«

Mr Stoker hob die Augenbrauen und machte ein bedauerndes Gesicht.

»Tja, deswegen hat die Gute auch einen armen Landpfarrer geheiratet und ihm zwölf Kinder geboren, die sie finanziell kaum über die Runden bringt. Augustus und ich haben uns damals entschlossen, ihre Jüngste aufzunehmen, um ihr eine gute Ausbildung und eine gesicherte Zukunft zu ermöglichen. Hier ist sie regelrecht aufgeblüht, aber die Furcht vor Satan und Verderben und ein gewisser Aberglaube sind ihr geblieben, fürchte ich. Darum habe ich auch versucht, sie von meinen spiritistischen Zirkeln fernzuhalten, aber seit einiger Zeit zeigt sie verstärktes Interesse daran, und ich ließ sie teilnehmen. Möglicherweise war das keine gute Entscheidung, was meinen Sie?«

»Schwer zu sagen«, erwiderte Madame Persephone. »Es gibt zarte Gemüter, die Ängste entwickeln und die Manifestationen als bösartige Kräfte begreifen. Ich hoffe sehr, dass wir Ihre Nichte nicht verängstigt haben.«

»Das wäre sehr schade. Ich habe den Ball doch vor allem ihr zuliebe geplant. Ach, sie wird sich gewiss von dem Schrecken erholen.« Lady Oakfort lächelte. »Wie dem auch sei, die Gesellschaft ist vollständig. Kommen Sie, wir wollen sehen, welche Köstlichkeiten die Köchin gezaubert hat.«

Als sie sich den reich beladenen Tischen näherten, sah Valentina Lord L'Isle am Stamm einer der alten Kastanien lehnen. Er tippte sich an den Hut, neigte den Kopf und lächelte ihr zu. Valentina wandte den Blick ab und tat, als hätte sie ihn nicht gesehen. Im Augenblick wollte sie ihm einfach nicht begegnen, nicht bevor sie sich klar geworden war, was sie ihm zu sagen hätte. Sie nahm sich einen Teller und füllte ihn wahllos mit Häppchen, krampfhaft bemüht, nicht in seine Richtung zu sehen. Dann nahm sie den Teller und ein Glas Limonade und versuchte, möglichst unauffällig in der Menge unterzutauchen. Sie entdeckte Isabella, die bei Colonel Ponsonby und Lady Shillingham saß, und beschloss, sich zu ihr zu gesellen.

»Sehen Sie«, sagte Isabella, als Valentina Platz genommen hatte, »ich habe Ihnen doch gesagt, Sie müssen nicht auf das Picknick verzichten. Glauben Sie, Ihr Knöchel erlaubt eine Partie Krocket nach dem Essen?«

»Ich denke schon, allerdings hatte ich darauf gezählt, mich drücken zu können«, sagte Valentina mit gesenkter Stimme. »Ich mache mir nicht besonders viel aus diesem Spiel, was vermutlich daran liegt, dass ich keinerlei Talent dafür habe.«

Isabella lachte. »Dann werde ich Sie natürlich nicht verraten.«

»Außerdem muss ich ja meinen Fuß für heute Abend schonen, denn ich hoffe, wenigstens einmal tanzen zu können«, sagte Valentina. »Sie freuen sich doch sicher auch auf den Ball, wenn Sie dieses Jahr schon auf die Londoner Saison verzichten müssen. Dafür holen Sie dann alles im nächsten Jahr nach.«

»Ja, gewiss, bestimmt. Das werde ich.« Isabella lächelte flüchtig und wandte den Blick ab. Das plötzliche Desinteresse an diesem Thema war eigenartig, hatte Isabella zuvor doch mit großer Begeisterung über London geplaudert. Bestätigte es womöglich Valentinas Verdacht? Nachdenklich schob sie sich ein Stückchen besonders cremigen Käse in den Mund. In Gegenwart des Colonels und Lady Shillinghams war es allerdings vollkommen ausgeschlossen, zu versuchen, mehr herauszufinden.

Leider ergab sich keine Gelegenheit mehr für Valentina, Isabella noch einmal unter vier Augen zu sprechen, da sich die Gruppe anschließend zum Krocketspiel auf die Wiese begab. Valentina blieb am Rand des Spielfelds im Schatten eines Baumes stehen, um zuzusehen.

»Warum habe ich nur das Gefühl, dass Sie mir heute aus dem Weg gehen?«, hörte sie plötzlich eine Stimme hinter sich. Sie musste sich nicht umschauen, um zu wissen, wem sie gehörte.

»Offenbar ist das Verstehen subtiler Hinweise nicht Ihre Stärke«, entgegnete Valentina, ohne sich umzudrehen.

»Dürfte ich wenigstens erfahren, welche Verfehlung Sie mir vorwerfen?«, fragte er.

»Vielleicht sollten Sie da meine Arbeitgeberin fragen«, giftete Valentina. »Sie sind ja offenbar alte Bekannte, was Sie mir rein zufällig verschwiegen haben.«

»Sie haben nicht gefragt.« Sie konnte an seiner Stimme hören, dass er lächelte. Diese selbstgefällige Art wollte sie keine Minute länger ertragen.

»Für solche Spielchen fehlt mir die Geduld, Mylord. Guten Tag«, entgegnete sie und ging davon.

»Halt! Warten Sie doch, Miss Day«, rief Lord L'Isle. »Sie haben recht, das war unmöglich. Es tut mir leid. Bitte geben Sie mir doch Gelegenheit, mich zu erklären.«

»Ich wüsste nicht, was es da zu erklären gäbe.«
Valentina wirbelte herum. »Offenbar haben Mrs
Lyness, Mr Stoker und Sie es für einen guten
Einfall gehalten, mich hinters Licht zu führen, und
ich bin mir nicht sicher, ob ich die Gründe dafür
erfahren möchte. Zumal ich bezweifle, dass Sie mir
dieses Mal die Wahrheit sagen werden.«

Lord L'Isle zog die Augenbrauen zusammen und
sah damit aus wie ein schuldbewusster Hund, der
gerade den Schinken vom Tisch gestohlen hatte.

»Bitte lassen Sie es mich wenigstens versuchen,
Ihnen alles zu erklären.«

»Also gut. Ich gebe Ihnen fünf Minuten. Gehen wir
ein Stück.« Sie hätte sich im selben Moment
ohrfeigen mögen. Warum hatte sie nachgegeben?

Sie gingen eine Weile schweigend
nebeneinanderher, bis sie sicher waren, außer
Hörweite der anderen Gäste zu sein.

»Ich warte«, sagte Valentina knapp.

Lord L'Isle holte tief Luft. »Sie erinnern sich an die
Studien, die ich erwähnte?«

Valentina nickte nur.

»Ich kenne Mrs Lyness und Mr Stoker schon eine
ganze Weile. Wir erforschen die Natur odischer
Energie und des Magnetismus sowie den Einfluss
bestimmter kristalliner Strukturen auf den Fluss
dieser Energien.«

»Aha.« Valentina runzelte die Stirn. »Und was hat
das mit mir zu tun? Ich habe genau gehört, was Sie
am Abend der Séance besprochen haben, und ich

würde gern wissen, was Sie im Schilde führen und welche Rolle ich bei Ihren Plänen spielen soll.«

Verflucht! Warum hatte sie ihm verraten, dass sie von dem Gespräch wusste? Sich so in die Karten blicken zu lassen, war äußerst unklug. Dieser Kerl irritierte sie.

»Sie wissen, warum Mrs Lyness Sie eingestellt hat, nicht wahr?«, fragte er.

»Natürlich wegen meiner ach so besonderen Aura.« Valentina verdrehte die Augen. »Wollen Sie mir jetzt den wahren Grund verraten oder nicht?«

Lord L'Isle lachte leise. »Bitte entschuldigen Sie, dass ich mich amüsiere. Aber Ihr Sarkasmus gefällt mir. Allerdings muss ich Sie enttäuschen. Es geht tatsächlich um Ihre Aura. Bestimmten Menschen, dazu gehört auch Mrs Lyness, fällt es leichter, sich auf odische Schwingungen einzustimmen. Sie können Dinge wahrnehmen, die außerhalb des Erfahrungsspektrums anderer Leute liegen. Andere wiederum sind dafür gänzlich unempfänglich.«

»Und ich gehöre also zu ersteren Menschen.« Valentina verschränkte die Arme vor der Brust. »Wie kommt es dann, dass ich eben keine Botschaften aus dem Jenseits empfange wie Mrs Lyness?«

Lord L'Isle wirkte noch immer amüsiert. »Weil Sie zwar die Signale empfangen, sie aber nicht verarbeiten können. Wie soll ich das erklären? Ein deutscher Physiker namens Johann Philipp Reis hat im vergangenen Jahr eine bemerkenswerte Erfindung gemacht. Es gelang ihm, mit einer Apparatur Schall in einen elektrischen Strom umzuwandeln und umgekehrt. Er nennt es Telephon.«

»Das ist ja sehr interessant, aber ich wüsste nicht, was dieser Herr Reis mit mir zu tun hat«, sagte Valentina. »Ihre fünf Minuten sind gleich vorbei, also kommen Sie zum Punkt, Mylord.«

Er seufzte. »Haben Sie ein wenig Geduld. Es ist kompliziert. Wenn der Apparat den Schall in einen elektrischen Strom umgewandelt hat, können Sie den Strom natürlich nicht hören. Man braucht eine weitere Apparatur, die den Strom wieder in Schall verwandelt. Um mit dem odischen Netz kommunizieren zu können, brauchen Sie also quasi einen Umwandler. Sie müssten lernen, sich auf die Schwingungen einzustellen.«

»Nehmen wir um der Argumentation willen an, dass ich diese Fähigkeit besitze«, sagte Valentina, »warum dann diese Geheimniskrämerei? Sie hätten mir doch einfach sagen können, was Sie vorhaben.«

»Mein Reden.« Lord L'Isle lächelte kurz. »Mrs Lyness war der Meinung, Sie müssten zunächst an das Thema allgemein herangeführt werden, weil Sie all dem eher skeptisch gegenüberstehen. Personen mit einer ähnlich stark ausgeprägten Sensibilität sind schwer zu finden, Miss Day. Wir wollten nicht riskieren, Sie zu verschrecken.«

»Das ist Ihnen ja wunderbar gelungen!« Valentina reckte wütend das Kinn vor.

»Ich war dafür, Sie einzuweihen«, gab Lord L'Isle zu bedenken. »Allerdings wollte Mrs Lyness behutsam vorgehen. Einige unserer Annahmen und Thesen sind ... nun ja, für jemanden, der sich mit diesen Themen noch nicht auseinandergesetzt hat, möglicherweise etwas zu absonderlich. Sie könnten uns für verrückt halten.«

»Ich könnte?« Valentina zog eine Augenbraue hoch.

»Mit Verlaub, ich glaube, das tue ich bereits.«

Ein breites Lächeln erschien auf Lord L'Isles Gesicht. »Dass Sie mir bereits mehr als die festgelegten fünf Minuten zugestanden haben, erfüllt mich mit Hoffnung. Wir beschäftigen uns schon sehr lange mit einem bestimmten Problem, bei dem wir keinen Schritt weiterkommen. Von Ihrer besonderen energetischen Schwingung versprechen wir uns einen möglichen Durchbruch in dieser Sache, und Mrs Lyness befürchtete, wir könnten Sie verlieren, wenn wir Ihnen zu viel auf einmal zumuten.«

»Halten Sie mich für so labil?« Valentina ärgerte sich, dass ihre Frage zeigte, wie sehr sie diese Annahme verletzt hätte.

»Das nicht, aber es geht schließlich um ... paranormale Phänomene jenseits des sinnlich Erfahrbaren«, erklärte Lord L'Isle. »Sie wären nicht die Erste, die es rigoros ablehnt, sich damit zu beschäftigen.«

»Ich gebe zu, dass ich diesen Dingen kritisch gegenüberstehe«, sagte Valentina. »Ich vertraue der Wissenschaft. Ich bin offen für logische und überzeugende Argumente. Wenn Sie Ihre Annahmen belegen können, wäre ich bereit, darüber nachzudenken.«

»Mehr würden wir nicht verlangen, Miss Day«, entgegnete Lord L'Isle. »In London wurde jüngst der sogenannte *Ghost Club* gegründet. Dieser Verein hat sich die Untersuchung von Spukphänomenen jeder Art auf die Fahne geschrieben. Zu den Mitgliedern zählen Akademiker und Geistliche der Universität in Cambridge, darunter auch prominente Persönlichkeiten wie Charles Dickens, Sir Arthur Conan Doyle und William Butler Yeats. Wie wir glauben auch diese Menschen, dass unsere Wissenschaft erst am Anfang steht und wir vieles einfach heute noch nicht verstehen, was wir in Zukunft werden enträtseln können. Doch wir bleiben der Wissenschaft verhaftet.«

Valentina nickte langsam. Er hatte sie beinahe überzeugt. Doch dann fiel ihr etwas ein. »Warum haben Sie es dann nötig, das Publikum bei der Séance mit Tricks in Angst und Schrecken zu versetzen?«

Lord L'Isle räusperte sich. »Nun ja, das ist eine andere Sache. Die Menschen erwarten ein gewisses Spektakel. Anders sind sie kaum für die Sache zu begeistern. Die nüchternen Fakten wären nur halb so faszinierend für ein großes Publikum, fürchte ich.«

»Und darum sprechen Sie Morddrohungen aus und verängstigen die Menschen?«, fragte Valentina wütend.

»Nein, das hat einen anderen Hintergrund«, erklärte der Earl. »Kurz gesagt ist es so: Mrs Lyness hat bisweilen … Ahnungen. Sie hatte die deutliche Eingebung, dass jemand in tödlicher Gefahr sei, wusste sie aber keiner Person zuzuordnen. Daher hatte sie die Idee, mit einer Warnung aus dem Jenseits die Gäste einfach dazu zu bringen, etwas aufmerksamer zu sein. Sie fand, eine geisterhafte Stimme könnte die Leute womöglich mehr beeindrucken als eine mittelalte Dame mit Visionen.«

»Und die geisterhafte Stimme war Mr Stoker, der vorgibt, stumm zu sein«, entgegnete Valentina trotzig.

»Er vermeidet es in der Tat, zu sprechen. Sagen wir, es fällt ihm aufgrund eines seelischen Leidens schwer.« Lord L'Isle sah sie prüfend an. »Sie haben an dem Abend wirklich alles gehört, nicht wahr?«
Valentina glaubte, einen roten Schimmer auf seinen Wangen zu entdecken. Sie nickte.
Lord L'Isle fuhr sich durch die Haare und räusperte sich. »Dann … ähm … haben Sie vermutlich auch gehört, dass Mrs Lyness vermutet, dass mein Interesse an Ihnen … nun, nicht rein wissenschaftlicher Natur ist.«

Valentina musste beinahe lachen, weil er wirkte wie ein linkischer Schuljunge. Ein angenehmes Gefühl der Aufregung lief durch ihren Körper und hinterließ in ihrem Bauch ein Gefühl, als hätte sie zu viel Champagner getrunken. »Allerdings, das habe ich.«

Lord L'Isles Lächeln wirkte ein wenig verunsichert. »Ich hoffe, Sie finden es nicht zu frech, wenn ich gestehe, dass Mrs Lyness recht hat. Die Unterhaltungen mit Ihnen haben mir viel Freude bereitet, und ich hoffe, Sie gewähren mir die Gelegenheit, Sie besser kennenlernen zu dürfen.«

Ein warmes Prickeln lief über ihren Rücken, gleichzeitig verwünschte sie sich, dass sie sich so schnell von ihm hatte einwickeln lassen. »Gern, Mylord. Wenn Sie mir versprechen, in Zukunft ehrlich mit mir zu sein.«

Sechzehn

Blackwell Heath, am Abend des 15. Juni 1862

VALENTINA DREHTE SICH noch ein letztes Mal vor dem Spiegel. Nun hatte sie doch noch Gelegenheit, das Ballkleid aus pfirsichfarbener Seide zu tragen, und sie freute sich darauf. Zwar waren nach ihrer Unterredung mit Lord L'Isle noch immer einige Fragen offen geblieben, wie etwa die nach Mr Stokers eigenartigem seelischen Leiden, das ihn am Sprechen hinderte. Sie hatte nicht gewagt, ihn danach zu fragen. Dafür bedurfte es wohl einer ruhigen Minute, und sie hatte sich vorgenommen, all das zu klären, sobald sie morgen die Rückreise nach London angetreten hätten. Die Fahrt war schließlich lang, und Mrs Lyness und Mr Stoker würden ihren neugierigen Fragen nicht ausweichen können.

Dennoch hatte sie das Gefühl, als sei ihr eine Last von den Schultern genommen worden. Heute Abend konnte sie sich beinahe einbilden, es hätte den tragischen Einschnitt in ihrem Leben nie gegeben. Für diesen Ball wollte sie es vergessen und so tun, als wäre nichts geschehen. Sie würde tanzen und sich amüsieren. Und es gab bereits zwei Kavaliere, die sich um sie bemühten, einen Earl und, im Falle von Mr Moreleigh, den Sohn eines Barons. Vielleicht würde doch noch alles gut werden?

Außerdem hatte Lord L'Isle sie neugierig gemacht. Sie brannte darauf, mehr über die Forschung zu erfahren, die er mit Mrs Lyness und Mr Stoker betrieb. Auf dem Picknick hatte Valentina kurz Gelegenheit gehabt, mit ihrer Arbeitgeberin unter vier Augen zu sprechen, und diese hatte ihr im Prinzip dieselben Erklärungen geliefert, ohne dass Valentina das Gespräch mit Lord L'Isle erwähnt hätte.

Natürlich wollte sie nicht zu vertrauensselig sein. Wie sagte Valerian noch immer? *Vorsicht ist die Mutter der Porzellankiste.* Sie würde weiter wachsam bleiben.

Als sie den Ballsaal betrat, vergaß sie allerdings für einen Augenblick auch noch den letzten Rest ihres Unbehagens. Der Saal war zauberhaft geschmückt mit üppigen Blumengestecken und zahllosen Kerzen, deren Licht sich in den Wandspiegeln und dem Glas der Kristalllüster brach. Ein Ball bei Kerzenlicht hatte seinen besonderen Charme, fand Valentina. Sie musste allerdings feststellen, dass es dafür nach kurzer Zeit auch unangenehm warm wurde. Lady Oakfort hatte zum Abend noch weitere Gäste aus der Umgebung eingeladen, sodass allein die Vielzahl menschlicher Körper vermutlich gereicht hätte, den Raum aufzuheizen. Doch das konnte Valentina nicht schrecken, vielmehr zauberten die Wärme und der reichlich fließende Champagner einen rosigen Schimmer auf die

Wangen der Gäste, und durch die geöffneten Flügeltüren wehte von der seitlichen Terrasse hin und wieder eine angenehm linde Sommerbrise herein.

Valentina suchte die Menge nach Lord L'Isle ab, konnte ihn aber zu ihrer Enttäuschung nirgends entdecken. Eigentlich hatte sie gehofft, er würde sie um einen Tanz bitten. Nun, es war sein Verlust, dachte Valentina und stürzte sich munter ins Getümmel, wo sie bald Mrs Lyness, Mr Stoker und Isabella im Gespräch mit Lady Oakfort entdeckte. Sie beschloss, sich einen Augenblick zu ihnen zu gesellen.

»Miss Day! Sie sehen zauberhaft aus«, rief Lady Oakfort. »Ich bin sicher, Sie werden heute Abend kaum zur Ruhe kommen und zertanzte Schuhe haben.«

»Vielen Dank, Mylady«, entgegnete Valentina. »Der Saal sieht überwältigend aus. Sie haben sich selbst übertroffen.«

Lady Oakfort hob den Fächer an den Mund und neigte den Kopf. »Nicht doch, Sie machen mich ja ganz verlegen«, sagte sie, doch der Glanz in ihren Augen verriet, dass sie durchaus auf Komplimente dieser Art gezählt hatte.

»Wirklich, Tante Nora, alles sieht prächtig aus«, sagte Isabella. »Darum will ich mich auch heute amüsieren, als ob es kein Morgen gäbe. Ich habe bereits die Mazurka, den Two Step und den Walzer versprochen.«

»Das sollst du, mein Kind.« Lady Oakfort lachte. »Es freut mich, dich so guter Dinge zu sehen. Ich fürchtete bereits, du hättest dich noch immer nicht ganz erholt.«

In der Tat dauerte es nicht lange und Isabella wurde von einem jungen Mann, den Lady Oakfort als Mr Hughes vorstellte, auf die Tanzfläche geführt.

Valentina betrachtete Isabella aufmerksam. Tatsächlich wirkte sie gelöst. Sie tanzte mit viel Elan die Mazurka mit ihren verspielten Hüpfern und Sprüngen und machte dabei einen aufrichtig fröhlichen Eindruck. Gut möglich, dass Valentina sich mit ihren Spekulationen, was die junge Frau betraf, verrannt hatte.

»Nun wissen Sie, warum ich um den Walzer gebeten habe. Ich dachte, etwas weniger Lebhaftes käme uns Versehrten besser zupass.«

Valentina wandte sich um und sah Mr Moreleigh, der sich zu ihnen gesellt hatte.

»Sehr umsichtig von Ihnen«, entgegnete Valentina und lächelte. »Wir sollten das Schicksal nicht unnötig herausfordern.«

»Ich habe Sie heute beim Krocketspiel vermisst. Sie waren auf einmal verschwunden«, sagte Moreleigh.

»Oh, ich bin noch ein wenig spazieren gegangen. Ich mache mir nicht so viel aus Krocket. Ich fürchte, meine Brüder haben es mir verleidet.«

Valentina lachte, doch das Thema erinnerte sie an ihr Gespräch mit Lord L'Isle. Der Umstand, dass er sich bisher noch nicht hatte blicken lassen, enttäuschte sie weit mehr, als sie hätte zugeben mögen. Sie reckte sich auf die Zehen und spähte über die Köpfe hinweg, konnte ihn aber nirgends entdecken.

»Darf ich?« Mr Moreleigh bot ihr den Arm, um sie auf die Tanzfläche zu führen. Valentina war gar nicht aufgefallen, dass die Musik aufgehört hatte.

Entgegen seiner Ankündigung war Moreleigh ein ziemlich passabler Tänzer, und Valentina genoss das Gefühl, sich mit schwingenden Röcken im Takt der Musik zu drehen. Sollte der Earl doch bleiben, wo der Pfeffer wächst.

Erhitzt und etwas außer Atem ließ sie sich nach dem Walzer wieder zu Mrs Lyness geleiten.

»Ich danke Ihnen vielmals für diesen Tanz, Miss Day.« Moreleigh verneigte sich leicht. »Ich werde in Kürze einige Zeit in London sein, um dort für meinen Onkel etwas Geschäftliches zu regeln. Würden Sie mir gestatten, Sie dort zu besuchen?«

Valentina lächelte. »Selbstverständlich, ich würde mich freuen.«

Moreleigh neigte den Kopf. »Dann darf ich hoffen, dass mein Aufenthalt in der Stadt ja doch noch angenehm wird.«

Valentina fühlte sich geschmeichelt, doch obschon Moreleigh ein attraktiver Mann war und ein durchaus angenehmer Gesprächspartner, stellte sich nicht dasselbe Gefühl ein, das sie bei ihren Unterredungen mit dem Earl verspürt hatte.

Wieder ertappte sie sich dabei, wie sie unter den Gästen nach ihm Ausschau hielt.

»Mir ist schrecklich warm«, sagte Mrs Lyness und fächelte sich Luft zu. »Bitte entschuldigen Sie, Mr Moreleigh, wenn ich Ihnen Miss Day kurz entführe. Ich würde gern ein wenig durch die Räumlichkeiten flanieren und bei der Gelegenheit eine Erfrischung zu mir nehmen.«

Valentina verabschiedete sich, hakte sich unter und ließ sich von Mrs Lyness durch die Menge führen.

»Glauben Sie nicht, Ihre Unruhe wäre mir entgangen«, sagte Mrs Lyness hinter erhobenem Fächer. »Dazu braucht es noch nicht einmal meine mediale Begabung. Kommen Sie, wir wollen sehen, wo sich L'Isle herumtreibt. Es mag nicht den Anschein haben, aber er ist, was große Gesellschaften angeht, bisweilen ein wenig schüchtern.«

Tatsächlich entdeckten sie ihn auf dem Weg hinaus in einer ruhigen Ecke des Saals an eine Säule gelehnt, wie er den Tanzenden aus der Ferne zusah.

»L'Isle, lieber Freund«, sagte Mrs Lyness, und er wandte den Kopf und hatte den überraschten Ausdruck von jemandem, der sich bei irgendetwas ertappt fühlte. »Da sind Sie ja. Wir hatten Sie schon vermisst.«

Letzteres betonte sie auf eine Art und Weise, die nahelegte, wer mit »wir« eigentlich gemeint war. Valentinas Wangen brannten.

»Ich glaube, Miss Day hat noch offene Felder in ihrer Tanzkarte, aber ich fürchte, Sie werden Ihre Abstinenz nicht aufgeben, nicht wahr?« Sie wandte sich an Valentina. »L'Isle weigert sich strikt, zu tanzen, müssen Sie wissen.«

Valentina runzelte die Stirn. Was für ein Spaßverderber. So hatte sie ihn überhaupt nicht eingeschätzt.

»Da muss ich Mrs Lyness leider recht geben. Auch wenn ich Ihnen zuliebe jederzeit bereit wäre, einige meiner Prinzipien zu vergessen – das möchte ich Ihnen wirklich nicht zumuten.« L'Isle und Mrs Lyness lachten beide, offenbar war dies ein privater Witz, den Valentina nicht verstand.

»Aber Miss Day würde sich sicher freuen, wenn Sie sie auf einen kleinen Spaziergang zur seitlichen Terrasse bei der Orangerie begleiten«, sagte Mrs Lyness. »Sie müssen sich die Lichter dort ansehen! Lady Oakfort hat sie in die Bäume dahinter hängen lassen. Von der Terrasse sieht es zauberhaft aus, als würden dort Feen einen Ball abhalten.«

»Das würde ich in der Tat gern sehen«, sagte Valentina ohne zu zögern und ärgerte sich im selben Moment darüber, dass sie keinen Zweifel daran ließ, dass sie ihn mochte.

Lord L'Isle lächelte und bot ihr den Arm. »Wollen wir?«

Die Luft war angenehm auf Valentinas glühenden Wangen und trug den Duft der zahlreichen Blüten im Garten. In den Bäumen hinter der Orangerie schimmerten flackernde bunte Lichter wie kleine Juwelen.

Valentina sog tief die laue, duftige Sommerluft ein.

»Wirklich wunderschön, finden Sie nicht?«

»Zauberhaft«, entgegnete der Earl. »Aber längst nicht so zauberhaft, wie Sie heute Abend aussehen, wenn Sie mir diese Bemerkung gestatten.«

Valentina spürte wieder dieses eigenartige Gefühl der Aufregung und die Wärme, die ihr durch die Glieder strömte.

»Wie schön. Man kann die Musik auch hier draußen hören«, bemerkte sie, um ihre Verlegenheit zu überspielen.

Der Earl sah sich um. »Es ist weit und breit niemand zu sehen. Was meinen Sie, ob wir ein kleines Tänzchen wagen sollten?«

Valentina hob eine Augenbraue. »Ich dachte, Sie können nicht tanzen.«

»Ich habe nie behauptet, dass ich es nicht könnte.« Er lächelte verschmitzt. »Darf ich bitten?«

Er reichte ihr die Hand und sie legte ihre hinein. Durch den dünnen Satinstoff ihres Handschuhs spürte sie die angenehme Wärme seiner Berührung. Langsam führte er sie die Stufen hinunter zu dem kleinen Pavillon, der sich unter den Bäumen abseits der Orangerie versteckte. Lord

L'Isle machte einen Schritt zurück und verneigte sich, dann legte er sanft eine Hand auf ihren Rücken und sie begannen, sich im Takt der Musik zu drehen. Valentina hatte das Gefühl, als müssten ihre Wangen im Dämmerlicht ebenso glühen wie die bunten Lichter in den Bäumen über ihnen. Es war herrlich.

Schließlich endete die Musik, und der Earl verneigte sich abermals, ließ aber ihre Hand nicht los. Eine ganze Weile standen sie sich stumm gegenüber und sahen einander an. Im Dämmerlicht wirkten seine Augen beinahe schwarz, und das Licht der bunten Laternen spiegelte sich darin.

»Sie sind ein eigenartiger Geselle«, sagte Valentina schließlich, um das Schweigen zu brechen. »Warum fühlen Sie sich in großen Gesellschaften nicht wohl? Sie machen mir nicht den Eindruck, als seien Sie ein besonders schüchterner oder zurückhaltender Mensch.«

Ein Gedanke drängte sich in ihren Kopf, den sie vermutlich besser nicht hätte aussprechen sollen, doch wie so oft war ihre Zunge schneller als ihre Vernunft.

»Oder ist Ihr Ruf derart schlecht, dass Sie vermeiden wollen, dass er negativ auf Ihre Gesellschaft abfärben könnte?«

Lord L'Isle schwieg eine Weile und machte einen zaghaften Schritt auf sie zu, wobei er ihre Hand sachte auf seine Brust legte. »Es ist weder das eine noch das andere, aber es ist kompliziert und der Abend ist so wundervoll, dass ich den Zauber nicht mit langen Erklärungen zerstören möchte. Nehmen Sie jedoch hier meinen heiligen Schwur an, dass ich Ihnen zu anderer Zeit und an anderer Stelle jede – wirklich jede – Ihrer Fragen bereitwillig beantworten werde.«

Valentinas Herz pochte. Sie war sich seiner körperlichen Nähe deutlich bewusst, und das Gefühl seiner warmen Hand auf ihrer, die auf seiner Brust ruhte, stürzte sie in einen nie gekannten Strudel verwirrender Empfindungen.

»So werden Sie mir die Antworten wohl schuldig bleiben. Wir reisen morgen im Laufe des Vormittags ab.«

»Und ich werde ebenfalls nach London zurückkreisen und Sie dort sehr bald aufsuchen, um meine Studien mit Mrs Lyness und Mr Stoker fortzuführen. Und vielleicht auch mit Ihnen, wenn Sie bereit sind, sich dieser Möglichkeit zu öffnen.«

»Das bin ich.« Valentina brachte kaum mehr als ein Flüstern heraus. Verflixt! Was war nur los mit ihr? Sie war doch sonst nicht so ein verschüchtertes Ding.

»Ich weiß, es wäre mehr als vermessen, doch ich muss Sie fragen«, sagte er und beugte sich noch etwas weiter zu ihr. »Es ist eine verzauberte Nacht, und es gibt keine Zeugen. Würden Sie mir erlauben, einen Kuss zu stehlen?«

Valentina wusste, sie sollte Nein sagen. Sie kannte diesen Mann doch kaum, und es widersprach jeglichem Anstand. Und doch nickte ihr Kopf, als ob sie überhaupt keine Kontrolle mehr über ihn hätte.

Lord L'Isle legte sanft eine Hand in ihren Rücken, ähnlich, wie er es beim Tanz getan hatte, und zog sie näher an seinen Körper. Dann senkte er langsam und sachte seine Lippen auf ihre. Der Kuss war vorsichtig und zaghaft, die Berührung kaum merklich und doch bis in ihr tiefstes Inneres zu spüren. Nur einen kurzen Augenblick verweilten seine Lippen, die sich angenehm kühl und weich anfühlten, auf ihren, dann waren sie wieder verschwunden.

»Nun freue ich mich erst recht auf unser Wiedersehen in London«, sagte er leise. »Doch wir sollten besser wieder hineingehen. Ich möchte Sie wirklich nicht in Schwierigkeiten bringen.«

»Ja«, flüsterte sie, ihre wirbelnden Gedanken noch immer bei dem zarten Kuss, von dem sie sich heimlich wünschte, dass er viel länger angedauert hätte. Dann fiel ihr etwas ein. »Vielleicht sollten wir nicht zusammen hineingehen. Warten Sie noch eine Weile und ich gehe voran.«

»Ein brillanter Plan. Am besten, ich gehe ums Haus herum und nehme den anderen Eingang«, schlug er vor. Unwillkürlich musste sie lachen. Sie kam sich vor, als wären sie Kinder, die einen Streich aushecken. Alles war so ungewohnt und aufregend, und ihr Kopf fühlte sich so leicht an, als hätte sie es mit dem Champagner übertrieben. L'Isle brachte ihre Finger an seine Lippen und hauchte einen Kuss auf den Satinstoff, dann erst ließ er sie los und nahm die Hand von ihrem Rücken.

»Adieu, Miss Day. Möge das Schicksal uns bald wieder zusammenführen«, sagte er in theatralischem Ton, der sie abermals zum Lachen brachte.

»Hören Sie auf, mein Lachen wird uns noch verraten«, flüsterte sie. »Ich sehe Sie dann drinnen.«

Valentina hatte die Terrasse erreicht und sah sich noch einmal um. L'Isle war verschwunden, oder zumindest konnte sie ihn in der Dunkelheit nicht mehr erkennen. Sie wollte sich gerade umdrehen, um hineinzugehen, als sie unten im Garten eine Bewegung bemerkte. Etwas Helles blitzte kurz auf. Sie kniff die Augen zusammen. Es war Isabellas hellblaues Ballkleid, das sie für einen kurzen Moment hatte aufleuchten sehen. Was machte Isabella allein nachts im Garten? Langsam schlich Valentina wieder die Stufen hinunter und ging hinter einem steinernen Standbild am Fuße der Treppe in Deckung. Vorsichtig lugte sie dahinter hervor und sah, wie Isabella sich bückte und etwas aus dem Gebüsch zerrte. Sie versuchte, zu erkennen, was es war. Ein dunkles, unförmiges

Bündel. Als Isabella sich wieder aufrichtete, schlang sie einen weiten, dunklen Mantel um sich und zog die Kapuze über den Kopf. Sie bückte sich, hob das Bündel auf und schlich in Richtung Garten davon. Was hatte das zu bedeuten? Ein Gedanke durchzuckte Valentina. Wollte Isabella etwa davonlaufen? Konnte es ein, dass sie mit ihrer Vermutung doch genau ins Schwarze getroffen hatte?

Valentina warf jede Vorsicht über Bord. Sie musste erfahren, was dort vor sich ging, und wenn nötig ein Unglück verhindern. Selbst wenn Isabella in Schwierigkeiten steckte, waren eine überstürzte Flucht und eine heimliche Heirat gewiss keine Lösung. Eilig folgte sie Isabella. Sie überlegte, ob sie rufen sollte, entschied sich allerdings dagegen. Isabella war zu weit entfernt und würde dann nur noch schneller laufen. Auf die Weise hätte sie keine Chance, die junge Frau einzuholen, schon gar nicht mit ihrem Knöchel, der ihr das Tanzen etwas übel genommen hatte und nun wieder bei jedem Schritt schmerzhaft pochte.

Sie sah, wie Isabella hinter einem Busch verschwand, biss die Zähne zusammen und beschleunigte ihre Schritte. Als sie das Gebüsch erreicht hatte, hinter dem Isabella eingebogen war, ging sie langsamer und spähte um die Ecke. Sie entdeckte die junge Frau unter der Weide am Seeufer, wo sie offenbar auf jemanden wartete, denn sie ging unruhig hin und her. Valentina beschloss, sich ihr vorsichtig zu nähern, und schlich im Schutz einiger Büsche dichter heran. Dabei trat sie auf einen kleinen Zweig, und das Knacken kam ihr überlaut vor. Isabella fuhr herum.

»Bist du da?«, flüsterte sie in die Dunkelheit. »Wir müssen uns beeilen, bevor jemand etwas merkt.«

Valentina hielt den Atem an und wagte nicht, sich zu rühren. Also doch. Sie hatte es geahnt. Anscheinend wollte Isabella mit einem Mann durchbrennen.

»Hallo? Liebster?«, wisperte Isabella. Dann schüttelte sie den Kopf und begann abermals, unter dem Baum auf und ab zu gehen.

Valentina dachte nach. Sollte sie ihr Versteck aufgeben und versuchen, Isabella zu überreden, von ihrem Plan Abstand zu nehmen? Aber würde es ihr gelingen, die junge Frau zu überzeugen? Nun, sie musste es versuchen. Wenn sie erst zum Haus lief, könnte es möglicherweise zu spät sein und Isabella fort. Gerade wollte Valentina aus der Deckung heraustreten, als sie plötzlich schnelle Schritte auf dem Kies hörte. Eine hochgewachsene Gestalt schälte sich aus dem Dunkel. Valentina presste sich instinktiv dichter in das Grün der Büsche und fixierte gebannt die unheimliche Erscheinung. In diesem Augenblick fiel ein Streifen Mondlicht auf das Gesicht der Gestalt. Valentina erstarrte. Beinahe hätte sie laut aufgeschrien. Ihr Herz jagte. Was in aller Welt war das? Eine hässliche rote Fratze mit langen Hörnern und einem Ziegenbart hatte ihr einen Augenblick aus der Finsternis entgegengestarrt. Sie wagte kaum zu atmen. Durch das Blattwerk sah sie, wie die große, in einen dunklen Umhang gehüllte Figur mit einem animalischen Knurren auf das Seeufer zulief.

»Dirne! Sünderin!«, knurrte das Wesen und näherte sich der wie versteinert wirkenden Isabella. Ein Schrei gellte durch den dunklen Park. Valentina wandte sich um und lief, so schnell ihr verletzter Fuß sie tragen konnte.

Siebzehn

ALLEIN HATTE SIE keine Chance. Sie würde Isabella nicht helfen können. Ihr blieb nur, so schnell wie möglich Hilfe zu holen. Sie hastete die Stufen zur Terrasse hinauf und lief in den Ballsaal. In der Nähe der Tür entdeckte sie Madame Persephone und Mr Stoker im Gespräch mit Colonel Ponsonby und stürzte auf sie zu.

»Isabella!«, keuchte sie. »Ich brauche Hilfe! Ein Ungeheuer ... es ...«

Der Colonel runzelte die Stirn. Mr Stoker und Mrs Lyness tauschten alarmierte Blicke.

»Ganz ruhig, Miss Day. Was ist geschehen? Sie sehen ja aus, als wären Sie dem Leibhaftigen persönlich begegnet«, rief der Colonel aus.

»Isabella ist in Gefahr. Ich brauche Hilfe. Sie ist im Garten beim See unter der Weide. Da war ein Teufel. Ein Wesen mit einer schrecklichen roten Fratze und Hörnern. Bitte kommen Sie schnell!«

Stoker verschwendete keine Sekunde und lief los. Der Colonel folgte seinem Beispiel. Andere Gäste wandten die Köpfe und schienen wissen zu wollen, was dort vor sich ging. Mrs Lyness packte Valentinas Arm. »Kommen Sie. Wir sollten Lady Oakfort nicht unnötig beunruhigen.«

»Sollten wir nicht noch mehr Männer holen?«, fragte Valentina und versuchte, mit ihrer Arbeitgeberin Schritt zu halten.

»Glauben Sie mir, Mr Stoker wird schon mit dem Unhold fertig.«

Offenbar war ihr überstürzter Aufbruch allerdings nicht unbemerkt geblieben, denn sie konnten Schritte hinter sich hören. Einige der Gäste schienen ihnen zu folgen.

Als sie das Seeufer erreicht hatten, blieb Valentina wie festgefroren stehen. Mr Stoker und Colonel Ponsonby zogen die blasse, leblos wirkende Isabella aus dem See und legten sie vorsichtig ins Gras.

»Bella!« Lady Oakforts schriller Schrei hallte durch die Nacht, und Valentina sah sie auf das Ufer zustürzen. Stoker hatte sich über Isabella gebeugt, und kurze Zeit später bäumte die junge Frau sich auf, hustete und japste. Valentina sah Mrs Lyness an. »Gott sei Dank! Sie lebt.« Sie kniff die Augen zusammen. Da war doch noch jemand. Eine Gestalt, die sich gerade aus dem Wasser zog und auf allen vieren an Land kroch. Valentinas Herz pochte. Das war doch …

Sie stürzte aufs Seeufer zu, um sich zu vergewissern, als sie beinahe über etwas gestolpert wäre. Sie bückte sich. Auf dem Boden lagen ein schwarzer Umhang und eine hölzerne Maske mit Hörnern. Sie hob den Umhang auf und starrte von der Maske zu dem Mann am Ufer, der sich gerade aufrichtete. Ihr Herz raste und ihr Atem flatterte. Lord L'Isle! Triefend stand er am mondbeschienenen Ufer und blickte unbewegt auf

Colonel Ponsonby, Mr Stoker und Lady Oakfort, die sich um Isabella bemühten.

»Da! Hinter Ihnen!«, rief Isabella. »Er war es. Er muss es gewesen sein. Hier! Hier liegen der Umhang und die Maske. Er hat sie fallen gelassen, und dann hat er sie in den See gestoßen!«, rief Valentina. Der Colonel wandte sich um und blickte in die Richtung, in die ihr ausgestreckter Finger deutete. Dann schüttelte er den Kopf und wandte sich wieder Isabella zu.

»Aber da steht er doch! Er hat versucht, Isabella zu töten. Sie müssen ihn festhalten!«, rief Valentina. Inzwischen waren auch einige der anderen Gäste hinzugelaufen.

»Wer?«, hörte Valentina jemanden sagen. »Wer hat sie ins Wasser gestoßen?«

»Wen meint sie?«, fragte eine weitere Stimme.

»Da steht er doch!«, rief Valentina verzweifelt. Sie spürte, wie Mrs Lyness sie am Arm fasste.

»Die Ärmste hat offenbar einen Schock erlitten«, sagte sie an die Umstehenden gewandt. »Ich werde sie ins Haus bringen.«

»Aber will ihn denn niemand festhalten?«, rief Valentina, inzwischen reichlich schrill.

»Pst!«, zischte Mrs Lyness. »Folgen Sie mir einfach. Ich erkläre Ihnen alles.«

»Aber …« Valentina taumelte neben Mrs Lyness her. Ihr Kopf schwirrte. Was in Gottes Namen ging hier vor sich?

»Sie können ihn nicht sehen«, presste Mrs Lyness hervor, während sie Valentina mit sich zog.

»Wie bitte? Was?« Valentina verstand nichts mehr.

»Lord L'Isle. Die anderen können ihn nicht sehen. Er ist ... er ist ein Geist. So, nun wissen Sie es.«

Valentina blieb abrupt stehen. Ihr war übel, und sie war sich nicht sicher, ob es von der Anstrengung kam oder davon, dass sie das Gefühl hatte, jemand hätte eben den Boden unter ihren Füßen weggezogen. »Was? Sie wollen doch wohl nicht allen Ernstes ...«

»Doch, das will ich. Denken Sie nach, Miss Day. Ist es Ihnen denn überhaupt nicht seltsam erschienen, dass der Earl nicht an den Mahlzeiten teilgenommen hat? Dass er immer nur allein mit Ihnen gesprochen hat?«

»Das stimmt nicht!«, erwiderte Valentina. »Mr Stoker und Sie ...«

Mrs Lyness hob die Augenbrauen. »Ich bin ein Medium und Mr Stoker ist ...« Sie blickte sich nach allen Seiten um und senkte die Stimme. »Nun, das tut jetzt nichts zur Sache. Ebenso wie Sie können wir Lord L'Isle jedenfalls sehen.«

Valentina glaubte, in einem schlechten Traum gefangen zu sein. Sie bemerkte, dass sie noch immer den Umhang in der Hand hielt, und hob ihn in die Höhe. »Und was hat das hier zu bedeuten? Warum hat Lord L'Isle sich als Teufel verkleidet und die arme Isabella in den See gestoßen?«

»Was diese Maskerade zu bedeuten hat, kann ich Ihnen auch nicht sagen«, flüsterte Mrs Lyness. »Aber eines kann ich Ihnen versichern. Lord L'Isle hat gewiss niemanden in den See gestoßen. Vielmehr vermute ich, dass er ins Wasser gesprungen ist und Isabella an die Oberfläche gezogen hat, bevor die anderen Gentlemen zu Hilfe kamen. Wer auch immer unter dieser Maske steckte, muss noch hier herumlaufen.«

Sie hörten Schritte auf dem Kies hinter ihnen und wirbelten herum. Es war Lord L'Isle.

»Miss Day. Valentina, warten Sie, lassen Sie mich erklären …«, begann er.

»Das habe ich schon erledigt.« Mrs Lyness klang beinahe amüsiert. »Tja, so viel zu meinem Plan, sie schonend auf all das vorzubereiten. Bringen Sie sie ins Haus. Irgendwohin, wo nicht so viel Trubel ist. Vielleicht in die Bibliothek. Ich werde Stoker holen. Wer auch immer es auf Isabella abgesehen hat, muss hier noch irgendwo sein, und er ist vermutlich nicht begeistert, dass es Zeugen gegeben hat.«

»Verstehe. Ich werde gut auf Valentina aufpassen«, versprach Lord L'Isle. »Kommen Sie.«

Valentina blieb stehen. »Warum sollte ich Ihnen vertrauen?«, fragte sie. Ihre Stimme zitterte. »Wer sagt mir, dass Sie nicht alle unter einer Decke stecken und …«

»Bitte, Valentina. Kommen Sie mit ins Haus. Dort sind Sie sicher. Ich habe Ihnen versprochen, Ihnen alles zu erklären, und das werde ich auch tun.« Er streckte seine Hand aus und sah sie mit diesem flehenden Blick an, der jedes Mal aufs Neue ihren Widerstand zum Schmelzen brachte. Zögerlich legte sie die Hand in seine und ließ sich von ihm ins Haus führen.

Lord L'Isle entzündete die Kerzen in dem Leuchter auf dem Tischchen neben Valentina.

»So, schon besser«, sagte er. »Hier sind Sie sicher.« Er zog sich ebenfalls einen Sessel heran und nahm Platz.

»Sollten Sie sich nicht zunächst etwas Trockenes anziehen?«, fragte sie. »Sie holen sich ja den Tod.«

Er lachte leise auf. »Ich fürchte, das habe ich schon. Zumindest so etwas Ähnliches.«

»Ach ja, ich vergaß. Sie sind ein Geist.« Valentina konnte sich den sarkastischen Ton nicht verkneifen. Sie weigerte sich zu glauben, dass Mrs Lyness die Wahrheit gesagt hatte. Allerdings fand sie auch keine Erklärung dafür, warum die anderen Lord L'Isle offenbar nicht hatten sehen können.

»Sie glauben kein Wort davon, nicht wahr?«, fragte Lord L'Isle.

»Ich weiß nicht, ob ich überhaupt wieder irgendjemandem irgendetwas glauben werde.« Valentina verschränkte die Arme vor der Brust.

Er lächelte. »Ich weiß. Es ist alles etwas viel auf einmal, aber ich habe Ihnen die Wahrheit versprochen, und die werden Sie von mir bekommen. Also, was möchten Sie wissen?«

»Zunächst möchte ich wissen, wer Sie wirklich sind.« Valentina fixierte ihn mit einem wütenden Blick.

»Lycidas Green, 13. Earl L'Isle. Vor fünf Jahren erlitt ich einen Unfall. Ich kann mich leider nicht an viel erinnern und weiß nicht genau, wie es geschah, aber ich fand mich gefangen im odischen Netzwerk wieder. Stellen Sie es sich vor wie eine Existenz irgendwo zwischen Leben und Tod. Mrs Lyness vermutet, dass ich keines natürlichen Todes starb und irgendwie zwischen die Welten geriet, wo ich nun gefangen bin. Ich bin also weder lebendig, noch bin ich tot. Haben Sie manchmal Albträume?«

»Gelegentlich.« Valentina runzelte die Stirn. Ehrlich gesagt war sie sich derzeit nicht sicher, ob sie sich nicht in einem solchen befand.

»Dann kennen Sie vielleicht das Gefühl, in dieser eigenartigen Zwischenwelt festzustecken. Ein Teil von Ihnen weiß, dass Sie dort nicht hingehören, aber doch gaukelt Ihnen Ihr Bewusstsein vor, dass alles, was geschieht, real ist.« Lord L'Isle schloss für einen Moment die Augen. »Ich versuche es kurz zu fassen. Es war beängstigend, und ich suchte nur nach einem Weg hinaus. Dabei stieß ich auf Mrs Lyness. Mit ihr konnte ich kommunizieren, und gemeinsam fanden wir einen Weg, wie ich mich wenigstens für einige Stunden am Tag in der diesseitigen Welt materialisieren kann. Das geschieht mithilfe des Medaillons, das Sie tragen. Es verstärkt und bündelt die Energien, und ich kann mich in einem gewissen Radius darum manifestieren. Es würde jetzt zu weit führen, die Einzelheiten zu erklären, aber möglicherweise haben Sie seinen besonderen Energiestrom gespürt.«

Valentina erinnerte sich an das eigenartige Gefühl der Faszination und Anziehung, die der Anhänger von Anfang an auf sie ausgeübt hatte. Ob er das damit meinte?

»Allerdings bin ich in dieser Welt nur ein Abbild, nicht real und nur für Menschen sichtbar, deren odische Energie auf derselben Frequenz schwingt. Kurz gesagt für medial besonders begabte Personen.«

»Und ich bin so eine Person?« Valentina runzelte die Stirn.

»Allerdings. Gleich bei Ihrer ersten Begegnung hat Mrs Lyness gespürt, dass Sie über eine ganz besondere Energie verfügen.« Er lächelte. »Vielleicht finde ich Sie deswegen so besonders anziehend.«

Valentina musste unwillkürlich lächeln. »Aber wenn Sie nur ein Abbild sind, wie können Sie dann Gegenstände berühren wie den Brief oder … mich?«

»Mein Körper besteht in dieser Welt quasi aus konzentrierter odischer Energie«, erklärte L'Isle.

»Ich kann so Materie bewegen und Geräusche und Empfindungen verursachen. Geister, die den Übergang ins Jenseits vollständig vollzogen haben, können das nur in sehr begrenztem Maße. Sie können ein Glöckchen läuten oder ein Akkordeon zum Klingen bringen, aber nicht viel mehr. Und auch das bedarf medialer Verstärkung durch eine begabte Person wie Mrs Lyness.«

»Und Sie glauben tatsächlich, ich besitze eine ähnliche Begabung?« Valentina war noch immer ungläubig.

»Ja, davon gehen wir aus. Jedenfalls regte sich bei uns gleich die Hoffnung, dass es uns mit Ihrer Hilfe möglicherweise gelingen könnte, mich aus dem odischen Netz zu befreien.«

»Darum also geht es bei der Forschung, die Sie betreiben?«, fragte Valentina.

»Richtig. Ich stecke in dieser Zwischenwelt fest, kann weder hinüber in die jenseitige noch dauerhaft die Grenze zur diesseitigen Welt durchbrechen. Mrs Lyness glaubt, es muss etwas damit zu tun haben, wie ich in das odische Netz hineingeraten bin. Leider fehlt mir jede Erinnerung daran.«

»Und ausgerechnet ich soll Ihnen dabei helfen können?« Valentina hatte nicht die leiseste Ahnung, wie das möglich sein sollte.

»Ja, allerdings müssten Sie erst lernen, Ihre Energie zu kanalisieren und zu kontrollieren.«

»Aber was hat das alles mit Isabella, der unheimlichen Prophezeiung und diesem Kerl mit der Teufelsmaske zu tun?«

»Das kann ich Ihnen auch nicht genau sagen«, erklärte Lord L'Isle. »Ich spüre bisweilen Erschütterungen im odischen Netzwerk. Mrs Lyness und ich konnten beobachten, dass diese besonders stark sind, wenn ein gewaltsamer Tod bevorsteht. Einige konnten wir so verhindern. Stellen Sie es sich vor wie eine Vorahnung oder eine Vision, nur leider so vage, dass wir sie nicht immer genau zuordnen können. Gleich nach unserem Eintreffen hier spürte ich starke Erschütterungen. Doch wir wussten nicht genau, wer sich in Gefahr befand. Also hielten wir die Augen offen. Isabella verhielt sich eigenartig, und ich beobachtete sie, konnte aber nichts Konkretes herausfinden.«

»Sie haben gesehen, wie sie die Nachricht im Park versteckte, nicht wahr?«, fragte Valentina.

»Ja, aber es stand wenig Aufschlussreiches darin. Nur dass sie den Empfänger oder die Empfängerin dringend sprechen müsse.«

»Weil Isabella ein heimliches Verhältnis hatte und ein Kind erwartet«, platzte Valentina heraus.

»Was?« Nun war es an Lord L'Isle, erstaunt aus der Wäsche zu schauen. »Hat sie Ihnen das gesagt?«

»Nein, aber denken Sie doch einmal nach.« Valentina kostete ihren Triumph aus. Es fühlte sich gut an, zur Abwechslung einmal diejenige zu sein, die mehr wusste. »Das morgendliche Unwohlsein, und dann erkundigte sie sich beim alten Zachariah nach Kräutern, die in der Lage sind, ein Kind auszutreiben. Und heute im Park hatte sie ein Bündel im Gebüsch versteckt. Offenbar hatte sie vor, mit dem Vater des Kindes durchzubrennen.«

»Aber der hatte anscheinend andere Pläne ...«, führte Lord L'Isle den Gedanken fort.

»Sie glauben, er wollte Isabella töten und das Problem auf diese Weise erledigen?«, fragte Valentina. »Das ist ja schrecklich, aber es erscheint mir durchaus plausibel.«

»Wenn Sie nicht gewesen wären, hätte er Erfolg gehabt«, sagte der Earl. »Ich sah, wie Sie auf der Terrasse plötzlich stehen blieben und in den Garten liefen. Ich bin Ihnen gefolgt, hörte Sie schreien und sah, wie Sie wieder zum Haus hinüberliefen. Sie haben mich nicht gesehen, weil ich zu weit entfernt im Dunkeln stand.«

»Und dann sind Sie zum See gelaufen?«, fragte Valentina.

»Ja. Ich sah, wie der Kerl über Isabella herfiel und sie würgte. Aus Reflex habe ich gerufen. Das war dumm von mir. Schließlich hätte er mich sonst nicht bemerkt. Er erschrak, stieß Isabella nach hinten in den See und lief davon. Auf der Flucht muss er Maske und Umhang abgerissen haben. Ich habe es nicht gesehen, weil ich natürlich sofort losgelaufen bin, um Isabella zu helfen.«

»Dann haben Sie nicht erkannt, wer unter der Maske steckte?«

»Leider nein.« Lord L'Isle hob resigniert die Schultern.

»Ich frage mich, warum er sich demaskiert hat, als er geflohen ist«, überlegte Valentina. »Er musste doch damit rechnen, dass ihm möglicherweise Leute ...«

»Was denn?« Lord L'Isle sah sie fragend an.

»Aber natürlich. Indem er die Verkleidung abgelegt hat, konnte er unauffällig zurück zum Haus laufen. Es muss sich um einen der Hausgäste handeln. So konnte er irgendwo im Gebüsch versteckt warten und sich unter die anderen Gäste mischen, die zum Ufer gelaufen sind.«

»Das würde es erklären, da haben Sie recht«, entgegnete der Earl.

Ein plötzlicher Gedanke schoss Valentina durch den Kopf.

»Lady Oakfort erwähnte, Isabella hätte ein plötzliches Interesse an ihrem spiritistischen Zirkel entwickelt. Womöglich galt ihr Interesse dabei gar nicht dem Spiritismus.«

»Sondern einem der Mitglieder. Natürlich!«, rief L'Isle aus.

Valentina ließ die Ereignisse der vergangenen Tage noch einmal vor ihrem inneren Auge Revue passieren und versuchte, sich zu erinnern, ob sich irgendjemand verdächtig verhalten hatte. Plötzlich fiel ihr etwas ein. Sie schlug sich die Hand vor den Mund.

»Er hat schon einmal versucht, Isabella zu töten! In der Nacht, als Mrs Bucknell den Teufel gesehen hat.«

»Himmel, Sie haben recht!«, rief Lord L'Isle. »Vermutlich hat er sich maskiert, falls er bei seinem Vorhaben gestört würde. So konnte er unerkannt fliehen.«

»Wer weiß, was geschehen wäre, wenn ihn die alte Mrs Bucknell nicht entdeckt hätte«, murmelte Valentina. »Aber wer verbarg sich unter der Maske? Der Colonel befand sich im Ballsaal, als ich hereinkam.«

Weiter kam sie in ihrer Überlegung nicht, denn in diesem Augenblick fiel ein Lichtstreifen in den dunklen Raum. Jemand hatte die Tür geöffnet.

»Mrs Lyness?« Valentina wandte sich um. »Oh. Sie sind es.«

Der Lichtstreifen verschwand, als die Tür wieder geschlossen wurde. Die Erkenntnis durchfuhr Valentina wie ein elektrischer Strom. Ihr Puls jagte. Natürlich! Es konnte nur noch einer gewesen sein, und der stand gerade vor ihr.

»Ich bin froh, dass ich Sie gefunden habe«, sagte Mr Moreleigh. »Als ich Sie nirgends finden konnte, dachte ich schon, dieser Unhold hätte Sie erwischt.«

Valentina griff nach dem Kerzenleuchter. »Kommen Sie nicht näher, Moreleigh!«

»Aber Miss Day! Was haben Sie denn? Sie glauben doch nicht etwa …«

»Sie waren es! Natürlich. Warum ist es mir nicht gleich aufgefallen? Jetzt verstehe ich, warum Isabella an jenem Abend im Salon nach dem Pfänderspiel so plötzlich gehen wollte, nachdem Sie mich gebeten haben, Ihnen einen Tanz zu reservieren.«

»Was reden Sie denn da, Miss Day?« Moreleigh machte einen weiteren Schritt auf sie zu.

»Das wissen Sie nur zu genau. Sie hatten ein heimliches Verhältnis mit Isabella, das nicht ohne Folgen blieb. Sie fürchteten wohl, Ihr Onkel könnte Sie enterben, wenn er davon erführe, oder warum planten Sie, sich Ihrer Geliebten auf diese Weise zu entledigen?«

»Entledigen ist ein gutes Stichwort«, zischte Moreleigh. »Sie wissen mir erheblich zu viel.«

Mit aller Kraft schleuderte Valentina den Kerzenhalter. Moreleigh schrie auf und zuckte zurück. Der Leuchter fiel zu Boden, und die Kerzen verloschen.

»L'Isle!«, rief Valentina. Sie hörte ein Keuchen und einen dumpfen Aufschlag.

»Schnell. Die Vorhangkordel!«, rief Lord L'Isle. Valentina wollte loslaufen, aber jemand packte ihren Knöchel. Beinahe wäre sie der Länge nach hingeschlagen, konnte sich aber gerade noch an dem Tischchen abstützen. Sie tastete auf dem Tisch herum und fand einen steinernen

Briefbeschwerer. Sie holte aus und schlug zu. Moreleigh jaulte auf, und es gelang ihr, den Fuß zu befreien. Rasch tastete sie sich zum Fenster vor. Inzwischen hatten sich ihre Augen ein wenig an das Zwielicht gewöhnt, und der leichte Lichtschimmer, der unter der Tür hindurchdrang, reichte aus, um sich zu orientieren. Eilig löste sie die dicke Kordel mit den Troddeln, die den Vorhang zusammenhielt, und lief zurück zu den beiden am Boden ringenden Männern. L'Isle hatte inzwischen die Oberhand gewonnen und kniete über Moreleigh.

»Schnell, helfen Sie mir«, keuchte er, und Valentina schlang den Strick um Moreleighs Handgelenke. Unter großer Kraftanstrengung zurrte sie ihn fest.

»Ich hole sicherheitshalber noch die andere«, rief Valentina.

Schließlich hatten sie auch Moreleighs Füße verschnürt, und L'Isle hatte Moreleigh mit einem gezielten Fausthieb außer Gefecht gesetzt. Keuchend erhob er sich und schlang die Arme um Valentina.

»Das haben Sie fabelhaft gemacht. Ich könnte Sie küssen.«

»Dann tun Sie es doch«, flüsterte Valentina außer Atem und spürte kurz darauf seine Lippen auf ihren. Dieses Mal verweilten sie etwas länger als zuvor im Garten, und er presste sie fest an seinen Körper. Warme Wellen durchströmten sie von Kopf bis Fuß, und all die widersprüchlichen Gefühle in ihrem Innern brachen sich Bahn. Verwirrung, Aufregung, Furcht und Glück wirbelten wild durcheinander. War für ein verrücktes Abenteuer! Plötzlich spürte sie, wie L'Isle zurückwich. Schritte draußen im Flur. Die Tür wurde aufgerissen und Licht drang von draußen herein.

»Miss Day? Sind Sie hier?« Es war Mrs Lyness, gefolgt von Mr Stoker, dem Colonel und Lady Oakfort.

»Himmel, was ist denn hier geschehen?«, rief Lady Oakfort. »Sind Sie in Ordnung, Miss Day? Ist Ihnen etwas geschehen?«

Der Colonel machte sich daran, die Öllampe auf dem Schreibtisch anzuzünden.

»Große Güte!«, rief Lady Oakfort, als sie den wie ein Postpaket verschnürten Moreleigh auf dem Boden entdeckte. »Ist das etwa Moreleigh, diese Kanaille? Isabella hat mir alles gebeichtet. Wir müssen sofort einen Konstabler rufen und diesen Erzhalunken in Haft nehmen lassen.«

Der Colonel ließ den Schein der Lampe über den am Boden Liegenden wandern. »Alle Achtung, Miss Day. Mit Ihnen sollte man sich wohl lieber nicht anlegen, was? Haben Sie den Schuft etwa ganz allein zur Strecke gebracht?«

Valentina warf L'Isle einen amüsierten Blick zu. »Ich habe offenbar einen hervorragenden Schutzengel«, sagte sie.

Epilog

Madame Persephones Stadthaus, Portland Place,
London, 27. Juni 1862

VALENTINA RIEB SICH die Schläfen. »Machen wir morgen weiter, es strengt mich unglaublich an. Ich habe auch nicht das Gefühl, dass ich Fortschritte mache.«

»Wir müssen Geduld haben«, sagte Lycidas und strich mit der Hand über ihre Wange. »So etwas geht eben nicht von heute auf morgen.«

»Und wenn … und wenn es uns niemals gelingt, dich aus diesem vermaledeiten odischen Netz zu befreien?« Sie seufzte tief.

»Darüber möchte ich überhaupt nicht erst nachdenken«, sagte er und drückte ihr einen sanften Kuss in den Nacken. »Wenn es jemandem gelingen kann, dann uns. Du darfst nicht so viel zweifeln.«

»Ich fürchte, ich muss mich an all das noch gewöhnen«, entgegnete Valentina. »Es gibt Tage, das glaube ich nach wie vor, ich bin verrückt geworden oder in einem Traum gefangen, aus dem ich nicht aufwachen kann. Du hast mein Leben vollkommen auf den Kopf gestellt.«

»Aber auch ein bisschen auf eine gute Weise, oder?«, fragte er mit einem verschmitzten Lächeln. Sie erhob sich und schlang die Arme um seinen Hals.

»Ja, auch ein wenig auf gute Weise.« Sie strich ihm eine Strähne seines dunkelbraunen Haars aus der Stirn. Zärtlich küsste er sie auf die Lippen, als es plötzlich an der Tür klopfte. Eilig lösten sie sich voneinander und setzten unschuldige Mienen auf.

»Fleißig bei der Arbeit, wie ich sehe«, sagte Mrs Lyness mit einem ahnungsvollen Unterton. »Machen Sie Fortschritte?«

»Ich fürchte nicht«, gab Valentina zu. »Es ist möglicherweise noch alles ein wenig zu viel für meinen armen Verstand.«

»Da könnten Sie recht haben.« Mrs Lyness lächelte aufmunternd. »Setzen Sie sich nicht unter Druck, meine Liebe. Sie werden schon noch Zugang zu Ihren Kräften finden.«

Sie zog einen Brief hervor. »Lady Oakfort hat geschrieben. Sie bedankt sich noch einmal bei Ihnen, dass Sie Isabella gerettet und Moreleigh zur Strecke gebracht haben. Offenbar haben sie eine passable Lösung gefunden, Isabella größere Schwierigkeiten und Schande zu ersparen. Da Blackwell Heath so abgelegen ist, dürfte es kein Problem sein, die Schwangerschaft zu verbergen. Das Kind soll bei Isabellas verheirateter Schwester Mary aufwachsen.«

»Das muss sehr schwer für Isabella sein«, sagte Valentina. »Sie wird für ihr eigenes Kind immer nur die Tante sein.«

»Ja, aber nur so wird sie der sozialen Ächtung entgehen. Sie wissen ja, wie das ist.«

»Leider. Ja. Die Ärmste.«

»Moreleigh hat gestanden und wird wegen versuchten Mordes ein Leben hinter Gittern verbringen. Und da kann er noch von Glück sagen, dass Sie ihm in die Quere gekommen sind, für einen Mord würde er gehängt.«

»Scheußlich, und die arme Isabella hat nichts geahnt.« Valentina schüttelte sich. »Dass man sich so in Menschen täuschen kann. Ich fand ihn eigentlich auch sehr nett. Noch immer frage ich mich, wie es sein kann, dass so ein scheinbar herzlicher Mensch sich als ein solches Ungeheuer entpuppt.«

»Er hat uns alle getäuscht, Miss Day.« Mrs Lyness legte den Brief auf den Schreibtisch. »Aber zum Glück hat ja nun doch alles noch ein gutes Ende genommen. Nun, und ich bin recht zuversichtlich, dass sich für unser anderes Problem auch eine Lösung finden wird.«

Lycidas lächelte. »Das hoffe ich sehr, denn ich glaube, ich habe nun noch einen weiteren Grund, um möglichst schnell diesem vermaledeiten odischen Netz entkommen zu wollen.«

Mrs Lyness warf Valentina einen wissenden Blick zu. »Ich denke, ich weiß, was Sie meinen. Geben wir die Hoffnung nicht auf, L'Isle. Kommen Sie zum Dinner?«

»Wir kommen gleich«, sagte Valentina. »Wir wollten hier nur noch etwas zu Ende bringen.«

»Prima. Ich erwarte Sie dann im Speisezimmer.«

»Wo waren wir noch gleich stehen geblieben?«, fragte Valentina, als Mrs Lyness die Tür hinter sich geschlossen hatte.

»Ich glaube hier«, sagte L'Isle und zog sie in seine Arme. Sie spürte die feste Wärme seines Körpers und schloss genießerisch die Augen, als sich seine Lippen auf ihre senkten. Ja, es würde ihnen gelingen. Daran wollte sie ganz fest glauben.

Liebe/r Leser*in!

Vielen Dank, dass du dich für meine Geschichte entschieden hast. Ich hoffe, sie hat dir gefallen. Dieser Kurzroman ist ein Prequel beziehungsweise der Auftakt zu einer geplanten Reihe rund um Valentina, Lycidas, Madame Persephone und Mr Stoker. Daher ist die Geschichte zwar abgeschlossen, aber es werden noch nicht alle Geheimnisse abschließend gelüftet. In dieser Geschichte steht die Beziehung zwischen Valentina und Lycidas im Vordergrund, und es soll erzählt werden, wie das ungewöhnliche Quartett zusammenfindet.

In zukünftigen Geschichten sollen die vier dann gemeinsam übernatürlichen Phänomenen und Verbrechen nachspüren und diese aufklären. Gleichzeitig forschen sie nach den Ursachen für Lycidas' Gefangenschaft in der Zwischenwelt des odischen Netzwerks und suchen nach einem Weg, ihn daraus zu befreien. Bei ihren Fällen bekommen sie es mit menschlichen, aber auch übernatürlichen Gegnern zu tun.

Das alles spielt natürlich auch weiterhin vor der Kulisse des realen, viktorianischen Englands. Geplant ist der Start der Reihe für 2022. Ich hoffe, dass Valentina und Lycidas dich neugierig machen konnten und du den Fortgang ihrer Geschichte weiterverfolgen möchtest.

Schau gern auf meiner Webseite vorbei, oder folge mir auf Facebook, um den Start nicht zu verpassen. Oder schreibe mir auch gerne mit Lob/Kritik oder einfach nur so unter info@dorothea-stiller.de.

Natürlich freue ich mich auch über eine Rezension bei einem der zahlreichen Online-Portale, sie sind für uns Autor*innen ein wichtiges Instrument, um Feedback zu erhalten und auch für andere Leser*innen hilfreich.

Herzliche Grüße
Dorothea Stiller
https://www.dorothea-stiller.de
https://www.facebook.com/dorothea.stiller

Über die Romance Alliance Love Shots

Die Romance Alliance (https://romance-alliance.com/) ist eine Autorengruppe von einzigartigen Frauen, in deren Büchern Liebe eine zentrale Rolle spielt. Unsere Liebesromane sind so unterschiedlich wie wir Autorinnen und bewegen sich durch die unterschiedlichsten Genres. Getreu unserem Motto „Bücher mit Herz" schreiben wir mit Liebe und Leidenschaft. Unsere Love Shots sind Romane im praktischen Kurzformat von 100 bis maximal 200 Seiten in unterschiedlichen Romance-Genres: historisch, Cosy Crime, Gay Romance, Contemporary, Romantasy etc. zum kleinen Preis von 2,99 EUR. Maximale Abwechslung und maximaler Lesespaß! Appetitliche Lesehappen für zwischendurch, ob auf Reisen, auf dem Weg zur Arbeit oder daheim auf der Couch.

Danksagungen

Vielen lieben Dank an meine lieben Kolleginnen und Freundinnen Angelika Lauriel und Evelyn Boyd für seelische Unterstützung und Rat und Tat in Sachen Story, meine Romance Alliance Kollegin Jessie für Lektorat und Korrektorat und an meine Familie für ihre Geduld.

Weitere Love Shots

1: Liebe wider die Vernunft - Katherine Collins

2: Lizzy sucht die Liebe - Anne Gard

3: Halt die Wolken fest! - Dorothea Stiller

4: Traue niemals Mr Right? - Bettina Kiraly

5: Auf den Wogen der Liebe - Jessie Weber

6: Zum Verlieben verführt - Dolores Mey

7: Zwei Wochen Ibiza - Bettina Kiraly

8: Just (not) Married - Nadin Hardwiger

9: No Saint - Susanne Halbeisen

10: Eine Diebin unter Gentlemen - A. J. Greenville

11: Wenn der Winter dich küsst - Jennifer Wellen

12: Küsse auf Italienisch - Jessie Weber

13: Per Postkutsche ins Glück - Katherine Collins

14: Frühling der Herzen - Dorothea Stiller

15: Mord im Goldfischglas - Anne Gard

16: Ein Tannenbaum für Ben - Bettina Kiraly

17: Wenn die Liebe für dich kocht - Jennifer Wellen

18: Die neugierige Lady & das Biest - Ester D. Jones

19: Weil mein Herz dich liebt - Jennifer Wellen

20: Verbotene Küsse unterm Mistelzweig - K. Collins

21: Die pragmatische Lady & der Schönling - E.D. Jones

23: Liebesbriefe aus Brighton - Katherine Collins (erscheint am 15.7.21)

Leseprobe aus "Frühling der Herzen"

Mohnrote Seide

»Trauer ist wie ein Gentleman, an dessen Gegenwart und Aufmerksamkeiten man sich gewöhnen könnte. Man ist geneigt, sich dauerhaft zu binden. Gleichzeitig ist man sich bewusst, dass eine Vermählung in die Katastrophe führen würde. Man muss ihn auf Abstand halten, damit er nicht besitzergreifend wird. Ein Flirt, ein Tanz, ein Lächeln, mehr nicht. Nicht weiter. Und jetzt wird es Zeit, diesen hartnäckigen Verehrer in seine Schranken zu verweisen.« Dorothy Collingwood schlug das feine Seidenpapier zur Seite und betrachtete das Kleid, das darunter zum Vorschein kam. »Das ist in der Tat gewagt.« Ihre Cousine Maria Dallaway trat neugierig neben sie und strich mit der Hand über den teuren, mohnroten Seidenstoff. »Aber es war längst überfällig, dass du endlich die Trauergarderobe ablegst.« »Ich weiß doch, Maria. Ich habe bloß nie den geeigneten Zeitpunkt gefunden. Es sind nun acht Jahre, und ich werde im September dreißig. Dreißig, Maria, stell dir das nur einmal vor. Wie weit weg uns das in unserer Jugend schien und nun plötzlich ...« Dotty unterbrach sich und straffte die Schultern. »Wie dem auch sei. Wenn ich es bis dahin nicht wage, werde ich es womöglich nie tun. Und ich dachte, wenn ich schon das Grau und Lavendel endgültig verbanne, könnte ich die Tristesse auch gleich mit einer kräftigen Farbe austreiben. Bloß jetzt verlässt mich beinahe der Mut. Findest du es zu frivol?« »Frivol?« Maria schien einen Augenblick nachzudenken. »Nein. Du hast recht. Und es wird dir ausgezeichnet stehen. Die kräftige Farbe passt zu deinem Teint und dem blonden Haar. Ich freue mich, dass du mich begleiten möchtest. Der Ball bei Lady Pinkney ist eine hervorragende Gelegenheit, dich wieder aufs große Parkett zu begeben.« »Es ist schon seltsam, nicht wahr? Mir hat es nichts ausgemacht, Abendgesellschaften oder Dinnerpartys zu besuchen, aber einen Ball? Noch immer kommt es mir falsch vor, ohne Henry zu einem Ball zu gehen. Versteh mich nicht falsch, liebe Cousine. Mein Verstand weiß, dass du recht hast. Ich bin noch zu jung, um mich dauerhaft in meiner Witwenschaft einzurichten und derlei Veranstaltungen zu meiden. Aber mein Herz sagt mir etwas anderes. Mein Herz, oder zumindest ein Teil davon, ist mit ihm bei Kopenhagen auf See geblieben.« »Ach, Dotty. Ich verstehe, dass es schwer ist, aber du kannst nicht fortwährend in der Vergangenheit leben. Das entspricht nicht deinem Wesen. Früher habe ich dich um deine Fröhlichkeit und Unbeschwertheit beneidet. Wann wirst du dir endlich erlauben, wieder glücklich zu sein?« Dorothy las Mitgefühl aus Marias Blick, doch ihre Worte verrieten auch eine gewisse Ungeduld. Marias Verständnis für die Lage ihrer

Cousine schien sich über die Jahre erschöpft zu haben. Und eigentlich hatte sie recht. Dotty war froh, dass Maria, die ihre Gefühlsregungen besser zu kontrollieren verstand, so unerbittlich gewesen war. Denn sie selbst hatte sich nun schon so lange gescheut, einen Ball zu besuchen, dass sie es womöglich ohne deren Beharrlichkeit nie getan hätte. Sie rechnete es der Cousine und deren Familie hoch an, dass sie nach Henrys Tod für sie da gewesen waren, sie aber nie bedrängt hatten, sich schnell wieder zu verheiraten. Dorothy wusste, wären ihre Eltern noch am Leben gewesen, hätten sie darauf bestanden, dass sie sich nach einer angemessenen Trauerzeit möglichst rasch wieder vermählte. Wenn sie ehrlich war, hatte sie sich in ihrer Witwenschaft in den letzten Jahren gut eingerichtet. Selbstverständlich fehlte ihr Henry, und der Verlust schmerzte. Doch darüber hinaus bot ihr neuer Status Freiheiten, an die sie sich gewöhnt und die sie zu schätzen gelernt hatte. Vielleicht war auch das ein Grund, dass sie Bälle gemieden hatte. Denn es stand zu befürchten, dass sie früher oder später doch jemandem begegnen würde, der sie interessierte, aber sie wusste nicht, ob sie bereit war, sich wieder jemandem unterzuordnen. Bei Henry war es anders gewesen. Da hatte sie es gern getan. Und Henry war ein guter Ehemann gewesen, jedenfalls soweit sie es nach der wenigen gemeinsamen Zeit, die ihnen durch seinen Einsatz in der Marine vergönnt

gewesen war, beurteilen konnte. Nun, es war müßig, darüber nachzudenken. Die Einladung war angenommen, das Kleid bestellt, genäht und geliefert, und damit war es so gut wie unmöglich geworden, es sich jetzt noch anders zu überlegen. »Lady Pinkneys Frühlingsball ist jedes Jahr ein Ereignis«, betonte Maria. Sie schien zu ahnen, dass Dorothy nach wie vor Zweifel hatte. »Sie ist eine ausgezeichnete und geschickte Gastgeberin. Das hat sich herumgesprochen, und wir dürfen uns glücklich schätzen, dass sie uns überhaupt einlädt. Wir haben die Einladung nur dem Umstand zu verdanken, dass wir Nachbarn sind und Lady Pinkneys Tochter Cecilia sich mit meiner Clara angefreundet hat. So eine Einladung kommt einer Auszeichnung gleich, denn Lady Pinkney zählt eine Reihe einflussreicher und angesehener Leute zu ihren Gästen. Wer weiß, vielleicht lernst du noch einmal einen reizenden Gentleman …«
»Maria, bitte nicht«, unterbrach Dorothy ihre Cousine. »Sonst werde ich es mir anders überlegen. Ich weiß, du meinst es gut mit mir. Doch über so etwas möchte ich noch nicht einmal nachdenken. Meine Verhältnisse mögen seit Henrys Tod bescheidener sein, aber ich empfinde sie nicht als bedrückend. Ich darbe nicht und habe mein Auskommen. Ich sehe weder Anlass noch Notwendigkeit, etwas an meinen Lebensumständen zu verändern. Außerdem bezweifle ich, dass ich einen anderen Mann lieben

könnte. Darum lass es gut sein, Maria. Allerdings glaube ich, dass ich von den Herren auch nichts zu befürchten habe. Sie bevorzugen Jugend, Unschuld und Zurückhaltung. Nichts davon habe ich zu bieten.« Sie lachte laut und Maria stimmte kopfschüttelnd ein. »Du bist unverbesserlich, Dotty. Doch ich will nicht klagen und mich stattdessen darüber freuen, dass deine alte Fröhlichkeit zurückzukehren scheint.« »Und wie könnte sie nicht, Cousine?« Dotty trat ans Fenster. »Sieh nur, wie die Natur erwacht. Ist es nicht herrlich? Wie die Krokusse ihre Köpfe aus der Erde strecken und das Grün unbeirrbar das Braun und Grau des Winters verdrängt! Die Sonne strahlt heute so kräftig. Wir sollten einen Spaziergang unternehmen. Den Mädchen und Philip wird es auch wohltun, nicht länger in der Stube hocken zu müssen. Wir sollten sie mitnehmen. Vielleicht fühlt sich auch Francis heute kräftig genug, um uns zu begleiten.« »Eine hervorragende Idee, Dorothy. Wir wollen gleich nach Oakham aufbrechen und sie fragen, ob sie uns nach dem Tee begleiten möchten. Annesley hat ihre Teebrötchen gebacken, und es ist noch Rosenmarmelade vom letzten Jahr da. Schließlich ist Sonntag und wir dürfen uns etwas gönnen.« Dorothy wandte sich wieder dem neuen Ballkleid zu. Bevor sie sorgsam das Seidenpapier darüber deckte und den Deckel der Schachtel schloss, warf sie noch einen Blick darauf. Es gefiel ihr ausnehmend gut. Das kräftige

Mohnrot, die zarte Spitze am Ausschnitt und die kunstvoll gestickte Borte mit den Blütenranken waren ebenso wie die Krokusse und die Frühlingssonne ein Versprechen. Dieses aufkeimende Gefühl der Erwartung erschreckte sie ein wenig, denn sie hatte es zuletzt empfunden, bevor sie Henry kennengelernt hatte, und es schien – wie das leuchtend rote Kleid – nicht mehr zu ihr zu passen. Ihre Neugier, der Erlebnishunger, die überschäumende Lebensfreude ihrer jungen Jahre hatten sich in dem Moment verflüchtigt, als sie die Nachricht von Henrys Tod erhalten hatte. Von einem Augenblick zum anderen war aus einer fröhlichen und hoffnungsvollen jungen Ehefrau eine Kriegswitwe geworden, die sich schmerzhaft bewusst war, dass das Glück flüchtig war und man es nicht festhalten konnte. Doch schon bei der Auswahl des Stoffes für ihr Ballkleid hatte sich in Dorothy zum ersten Mal seit langer Zeit wieder so etwas wie Appetit fürs Abenteuer geregt. Neugier auf die Zukunft, Lust darauf, die Welt in all ihren Farben in sich aufzunehmen, sie zu kosten und zu genießen. Sie verspürte ein Verlangen, sich wie ein vertrocknetes Blatt in einem vom Schmelzwasser anschwellenden Bachbett mitreißen zu lassen. Und da war dieses unbestimmte Gefühl, dass etwas Besonderes in der Luft lag. Irgendwo da draußen in der Welt, die sich in optimistisches Grün zu kleiden begann, wartete noch etwas auf sie.

Unter Gentlemen

Die Stunde war bereits fortgeschritten. Die Herren hatten sich ausdauernd dem Genuss von Sherry, Port und Brandy hingegeben. Tabakrauch so dicht wie der Frühnebel über der Themse hing in der Luft und der Ton hatte sich von gedämpft zivilisierter Konversation zu ungezügelter Ausgelassenheit fast bis zur Vulgarität gewandelt. Der Marquess of Beresford, der es etwas ruhiger bevorzugte, hatte sich mit seinem Freund Burlington an einen Tisch in der Ecke zurückgezogen, um eine Partie Karten zu spielen, zu politisieren und Pfeife zu rauchen. »Haben Sie sich meinen Vorschlag noch einmal durch den Kopf gehen lassen, Beresford?«, fragte Burlington in verdächtig beiläufiger Weise. Archibald taxierte sein Gegenüber über den Rand des Kartenfächers hinweg. »Es ist bereits das dritte Mal heute Abend, dass Sie das Thema aufbringen.« Er zog eine Karte aus dem Fächer und legte sie ab. »Und Sie haben mir noch immer keine zufriedenstellende Antwort gegeben.« Archibald lachte und lehnte sich in seinem Stuhl zurück. »Dann erklären Sie mir noch einmal genau, warum ich Sie nach Surrey begleiten soll, Burlington.« »Um mir Gesellschaft zu leisten und Ostern mit mir und meiner Familie zu verbringen.« »Verstehen Sie mich nicht falsch, lieber Freund. Die Einladung ehrt mich, doch ich könnte mir denken, dass Ihre reizende Gattin und Ihre Kinder sich Angenehmeres vorstellen könnten, als das Osterfest mit einem alten, launischen Griesgram wie mir zu verbringen.« Burlington lachte und legte ebenfalls eine Karte ab. »Machen Sie sich nicht schlechter, als Sie sind, Beresford. Sie sind keineswegs alt und griesgrämig, sondern ein Mann im besten Alter und darüber hinaus ein angenehmer Gast. Sicher wissen Sie selbst, dass Lady Burlington eine äußerst hohe Meinung von Ihnen hat und Ihre Besuche genauso schätzt wie ich. Wir würden uns alle freuen, wenn Sie Ostern mit uns auf Longdown Park verbrächten.« Archibald betrachtete aufmerksam den Gesichtsausdruck seines Freundes. Auch jemand, der unaufmerksamer war als er, hätte schwerlich übersehen können, dass Burlington die Einladung in einer bestimmten Absicht ausgesprochen hatte. Archibald war es gewohnt, denn es kam häufiger vor, als ihm lieb war, dass wohlmeinende Freunde gewisse Ansinnen hegten. »Mir machen Sie nichts vor, Burlington. Sie führen etwas im Schilde. Also, raus mit der Sprache. Welchem zauberhaften weiblichen Wesen soll ich auf dieser Reise rein zufällig begegnen und vorgestellt werden?« »Wenn ich so einfach zu durchschauen bin, sollte ich das Kartenspiel lieber aufgeben«, meinte Burlington. »Gut, ich gebe zu, dass es noch einen weiteren – wie Sie richtig vermuten weiblichen und äußerst

reizvollen – Grund für meine Einladung gibt.«
Archibald seufzte resigniert. »Ich weiß Ihr
Bemühen um mein seelisches Wohl sehr zu
schätzen, lieber Freund, doch Sie wissen auch,
dass ich keine Notwendigkeit sehe, mein
Junggesellendasein zu beenden. Ich bin mir selbst
genug und finde ausreichend sinnvolle Tätigkeiten,
mit denen ich Körper und Geist beschäftigen kann.
Langeweile ist ein Begriff, der nicht zu meinem
Vokabular gehört.« »Nun, ich denke, es ist weniger
die Langeweile, die uns in die Arme der holden
Weiblichkeit treibt, nicht wahr?« Burlington
zwinkerte ihm zu und lächelte verschmitzt. »Und
es gibt gewisse Formen der körperlichen
Ertüchtigung, die nicht nur den Kreislauf anregen
und der Gesundheit zuträglich sind, sondern
durchaus vergnüglich. Sie wissen schon, wovon
ich spreche.« Archibald schüttelte den Kopf. »Ein
alter Hammel von über vierzig Jahren hat nicht
dieselben Bedürfnisse wie ein junger Hengst, der
noch voll im Saft steht, mein Freund. Ich bin
zufrieden mit meinem Leben. Und wenn ich
dereinst das Zeitliche segne, werde ich es in dem
Wissen tun, dass mein Bruder Reginald mit
meinen zahlreichen Neffen und Nichten dafür
gesorgt hat, dass Familie und Titel nicht
aussterben.« Der zweifelnde Blick des Freundes
entging ihm nicht. »Und Sie wollen mir
weismachen, dass Sie sich tatsächlich niemals
einsam fühlen?« »Ach was! Ich habe Freunde,

Burlington«, konterte Archibald. »Das ist nicht dasselbe. Wenn Sie ehrlich sind, wissen Sie das sehr wohl. Entschuldigen Sie bitte, sollte ich Ihnen mit meiner Bemerkung zu nahe treten, aber Sie schienen mir seinerzeit mit der seligen Lady Beresford sehr glücklich zu sein.« Archibald schluckte den aufkeimenden Ärger hinunter. Er wusste, dass Burlington es nur gut mit ihm meinte, auch wenn es seiner Meinung nach eine irrige Annahme war, dass es einen anderen Menschen brauchte, um sich vollständig und glücklich zu fühlen. Wenn er an Burlington im Kreise seiner Familie dachte, konnte er dessen romantische Vorstellung durchaus nachvollziehen. Wenn man, wie Burlington, seine Erfüllung in Ehe und Familie gefunden hatte, fiel es womöglich schwer, zu glauben, dass es auch andere Varianten persönlichen Glücks geben konnte. Archibald sagte keineswegs die Unwahrheit, wenn er behauptete, dass er mit seinem Leben zufrieden war. Auch wenn er durchaus einsah, dass eine tiefe Herzensbeziehung zu einer Frau und eine wachsende Familie Quelle der Freude sein konnten. Er war schließlich kein Verächter der Romantik oder der Ehe an sich. Nur für ihn kam es nicht infrage. Nicht nachdem er mit seiner seligen Liz so großes Glück gehabt hatte. »Natürlich haben Sie recht, lieber Freund. Ich bin dankbar für die gemeinsamen Jahre mit Elizabeth, denn es war, als sei kurze Zeit ein Engel mitten unter uns gewandelt. Und ein günstiges Schicksal vergönnte es mir, von diesem Engel geliebt zu werden. Aber, mit Verlaub, Elizabeth war eine besondere Frau. Sie hatte Geist, Witz, Verstand und hatte es nicht nötig, sich hinter einer Maske zu verbergen oder eine Rolle zu spielen. Nie war sie um einen Rat verlegen. Eitelkeit und Oberflächlichkeit gingen ihr vollkommen ab. So eine Frau finden Sie nicht in jedem Salon.« »Sie kennen die junge Dame noch nicht, mit der ich Sie bekannt machen möchte.« Burlington lächelte schelmisch. »Miss Theresa Shirley ist eine wahre Pinakothek weiblicher Tugenden. Sie vereint Schönheit, Klugheit und Zurückhaltung. Geistreiche Konversation beherrscht sie ebenso virtuos wie das Pianoforte. Es müsste schon mit dem Teufel zugehen, wenn ihr Charme Sie nicht zu bezaubern vermöchte.« »Shirley?« Archibald zog eine Augenbraue hoch. »Eine Verwandte Ihrer Gattin?« »Und wieder haben Sie ins Schwarze getroffen. Miss Shirley ist die jüngere Schwester meiner Frau und meines Erachtens wie für Sie geschaffen, mein Bester. Wir erwarten sie am Sonntag vor Ostern und es war die Idee meiner Frau, eine kleine Dinnerparty zu geben.« In der Tat, das musste Archibald zugeben, schätzte er Lady Burlington sehr. Sie hatte auf ihn stets den Eindruck einer klugen und bodenständigen Frau gemacht, die seinem Freund eine wunderbare

Ehefrau und ihm eine herzliche und angenehme Gastgeberin war. Dass Miss Shirley Lady Burlingtons Schwester war, ließ bei aller Skepsis die Hoffnung aufkommen, dass sie nicht eines jener albernen Dinger war, die ausschließlich mit Äußerlichkeiten befasst waren und jeder noch so albernen Mode folgten. Absolut unerträglich fand Archibald die Angewohnheit vieler junger Frauen, beim Reden mit der Zunge anzustoßen und möglichst kindlich zu klingen. Er konnte beim besten Willen nicht verstehen, warum viele Herren dieses infantile Gelispel reizvoll fanden. Höchstwahrscheinlich entsprang eine solche Zeiterscheinung dem männlichen Drang, als Beschützer der zerbrechlichen Weiblichkeit in Erscheinung treten zu wollen. Auch wenn manch zartes Pflänzchen durchaus reizvoll anzusehen war, so bevorzugte er robustere Gewächse. Er brauchte keine Frau, deren Nerven steter Schonung bedurften und die ein Fingerabdruck auf dem Silber beim Dinner an den Rand eines hysterischen Anfalls brächte. Nein, er war überzeugt, das Glück, von einem solch vollkommenen Wesen wie seiner seligen Elizabeth geliebt zu werden, hatte er nur einmal im Leben verdient. Eine Frau wie sie suchte man in den Salons der besseren Gesellschaft vergebens. Dennoch wollte er den Freund nicht vor den Kopf stoßen. Die Höflichkeit gebot es, die Einladung anzunehmen. Burlington musste schließlich nicht wissen, dass er nicht gedachte, sich in eine Verbindung mit Miss Shirley drängen zu lassen. Er würde die angenehme Gesellschaft genießen und anschließend zu seinem gewohnten, eingespielten Junggesellenleben zurückkehren. »Nun gut, Burlington. Sie haben mich überredet. Richten Sie Ihrer Gattin meinen herzlichen Dank aus und sagen Sie ihr, dass ich mich außerordentlich auf meinen Aufenthalt auf Longdown Park freue.«